もっと悪い妻

桐野夏生

文藝春秋

目次

cover photograph by Miguel Vallinas Prieto
装丁　大久保明子

もっと悪い妻

悪い妻

千夏《ちか》は、販売の九時間労働が終わった後、無認可保育園に娘を迎えに行って、帰途スーパーで買い物をした。

立ち仕事のせいで、家に帰り着いた頃にはくたくたで、しばらくは何もする気が起きなかった。

でも、二歳の娘はお腹が空いていると見えて、脚にまとわり付いて離れない。

「ドレミちゃん、ちょっと待ってて。ママ疲れたよ」

ソファに座り込んで、リモコンでテレビを点ける。三十分ほど、テレビをぼんやり眺めているうちに、自分の空腹に気が付いた。

ようやく立ち上がって、狭いキッチンに向かう。レジ袋から、総菜や豆腐のパックを取り出してしばし眺めた。ご飯パックを電子レンジで温めるにしても、味噌汁くらいは作らなきゃならないか、と溜息を吐く。食事作りは苦手だ。

娘は、母親が夕食の準備をする気になったのを知って、「ママ、おにくたべたい。ママ、おにく」と叫びながら、また脚にまとわり付いて来た。

「待って」

だが、娘は構わずにむしゃぶりついてくる。

「ママ」

「ちょっと待ってって、言ってんだろが！」

怒鳴り声に、娘は驚いて泣きだしてしまった。

「泣くな」

平手でお尻を叩いたら、驚いた顔をして、もっと激しい泣き声を上げた。千夏も泣きたくなった。代わりに、娘に当たり散らす。

「いい加減にしろってば。泣くな！」

母が悪鬼のような形相で怒鳴るので、娘は泣きやまないどころか、火が付いたように泣きわめいている。

「ああ、もう嫌だ。うんざりだ。何で、あたしばっかなんだよ。何で、あたしがやらなきゃならないんだよ」

千夏は、味噌汁を作るために棚から取ったアルマイトの小鍋を、台所の壁に向かって投げ付けた。鍋は壁に当たって跳ね返り、フローリングの床で弾んだ。

娘がそれを見て、恐怖に満ちた目で母を見上げる。その眼差しに非難の色があるような気がして、千夏は地団駄を踏みながら怒鳴った。

「そんな目で見ないでよ！」

怒鳴りながらも、自分は幼児相手に何をキレてるんだろう、と不思議に思うだけの冷静さはまだ残っていた。

インターホンが鳴った。無視していても、鳴りやまない。こんな時に誰が来たんだと、千夏は苛々《いらいら》しながら、不機嫌な声でインターホンに出た。

「はい、何ですか」

「隣の山本でございます」

女性の声で、慇懃《いんぎん》な答えが返ってきた。隣室の、静かに暮らしている老夫婦のようだ。たまに会うと、娘を可愛がってくれる。

慌てて玄関の戸を開けると、手製らしい毛糸のベストを着た山本夫人が、心配そうに中を覗《のぞ》き込んだ。

「あの、今ね、ドレミちゃんの泣き声がしたので、ちょっと心配になってしまったの。その後も、何かが壁にぶつかるような音がしたでしょう。それで、何かあったのかしら、と思ったんです」

涙を拭きながら玄関に現れた娘を見て、ほっとした顔をした。

「ああ、よかった。ドレミちゃん、何でもなかったのね。怪我なんかしてないわね？」

千夏は、虐待を疑われたのだと知って、かっとなった。山本夫人は千夏の反応など気にも留めず、奥をちらりと見遣《みや》った後、こうも言った。

「ご主人様は、まだお帰りじゃないのですか？」

「まだです」

さすがにむかついて、突《つ》っ慳貪《けんどん》に返す。赤の他人に、何でそこまで干渉されなくてはならないのか。余計なお世話、というものだ。

「気を悪くしたらごめんなさいね。追い詰められている若いお母さんが、たくさんいるって聞いて、地域全体で子供を見ていこうという目が、とても大事だと思ったんですよ。お節介は百も承知です。あなたも子育て、頑張ってちょうだいね」

千夏が色をなしたところも、しっかり読まれているようだ。やれやれ、と千夏は溜息を吐いた。またも、悪妻と言われてしまう。

子供が生まれてからは、文字通り戦争のような日々を送っているのに、評判だけは反比例して下がってゆく。

気を取り直して、豆腐とネギの味噌汁を作り、ご飯パックと焼き鯖の総菜パックを、電子レンジで温めた。

ただそれだけのことなのに、手抜きのように思えて後ろめたいのは、夫の倫司《りんじ》が出来合いの総菜や冷凍食品を嫌うからだった。子供には、ちゃんとした食材を食べさせて、本物の味を覚えさせるべきだ、と主張する。

では、あんたがやっとくれ、と千夏は思うが、カップ麺しか作ったことのない倫司に、できるわけがないのはわかっていた。

倫司の考える子育てとは、イメージに過ぎないのだ。実際に「ちゃんとした食材」を手に入れたとしたら、この家のエンゲル係数は怖ろしいほど跳ね上がるだろう。また、「ちゃんとした食材」で「本物の味」を覚えさせなくてはならないのなら、千夏も仕事なんかできないほど、子育てに忙殺されるに決まっていた。

娘を風呂に入れて寝かしつけると、午後十一時。くたびれた千夏は、テレビを点けたまま、ソファの上でうとうとした。

倫司が帰宅したのは、十二時前だった。寒さに震えながらうたた寝していた千夏は、物音で目を覚ました。パーカーにジーンズという姿の倫司が、ドアを開けて入って来たところだった。

「お帰り。遅かったね」

うたた寝から目覚めた時の不快さから、つい不機嫌な声になる。

「そうかなあ」と、倫司が千夏を見ずに首を傾げた。「いつもこんなもんじゃない？」

そう。あんたはいつも遅く帰って来て、ただの一度も子育てを手伝わない。

千夏はそう思ったが、口にはしなかった。口に出しても、倫司はただ困った顔をするだけだ。

倫司が家庭という場でまったく役に立たない、木偶《でく》の坊《ぼう》に近い男なのだということは、誰も知らないのだ。倫司の仲間たちは、倫司に音楽の才能があって、しかも、子《こ》煩悩《ぼんのう》のいいヤツだと信じて疑わない。

「練習してきたの?」

「そうだよ」

倫司は、何でわかりきったことを聞くんだ、というような表情で千夏を見た。目が合った千夏はどきりとする。倫司の釣り上がった目と分厚い唇。それがたまらないと、女たちに人気があるのだった。

「今日はみんな来たの?」

「ソウタだけ遅れて来たな。ジャーマネだから、あまり関係ないけど」

倫司は、牛丼屋でバイトしながら、ロックバンドのボーカルをやっている。バンドの名は、「RINJI'S STORE」、ファンには、「リンスト」と呼ばれている。

唯一、倫司の作った「ケダモノ」という曲が少しヒットした。そのせいで、月に二度のライブには、ファンも結構押しかけて、業界ではそこそこ有名なのだった。

「練習どうだった?」

「新曲を合わせた」

倫司の台詞はいつも短い。

「倫司はいいなあ。あたしも練習したい」

千夏は文句を言ったが、倫司は何も言わずに、穏やかに微笑《ほほえ》んだ。むっとした千夏は、倫司に抗議する。

「あたしだってバンドやりたいんだから、練習したっていいでしょう」

「すればいいじゃない」

「だって、子供をどこに預けるの？　保育園にいる間は仕事だしさ、夜の時間を交代制にしようよ」

倫司は何も答えず、イヤフォンを耳に差し込んで、音楽の世界に逃避してしまった。すっかり眠気の覚めた千夏は、唇を尖らせる。

「何だよ、ずるいなあ」

千夏も、「ほうれいせん倶楽部」という名のガールズバンドに参加していたが、千夏の妊娠出産があって、長く活動休止状態になっていた。最近、活動を再開したと噂に聞いたが、千夏に声はかからなかった。それが悔しくて仕方がない。だが、愚痴を言おうにも、倫司は千夏の音楽活動になど、一度も興味を抱いたことがないのだった。

「ねえ、倫司、聞いてるの？」

倫司のイヤフォンを外してやろうと手を伸ばすと、パシッと手を叩かれた。倫司が自分でイヤフォンを外して言う。

「あのさ、『ほうれいせん』のことだけど。千夏が抜けて、前より音楽性が高くなったって言ってるヤツがいるよ」

「ずいぶん失礼じゃない」千夏は怒った。「誰が言ったの？」

「安田《やすだ》さん」

倫司は勝ち誇ったように言った。倫司は、安田を全面的に信頼しているのだ。

「やっぱり安田か」

千夏はむかついて吐き捨てる。

「呼び捨てにすんなよ」

「別にいいじゃん」

安田は、リンストのリーダーだ。倫司の二歳上の二十八歳。リードギター担当で、倫司の作った曲をアレンジしている。目尻の下がった可愛い顔をしていて、安田と倫司がバンドの人気を二分していた。

「安田とは方向性が違うから、仕方ないよ」

千夏が悔し紛れに言うと、倫司が薄く笑った。

「何で笑うの？」

「何でもない」

千夏は傷付いて、夫の目を覗き込んだ。倫司も、意地悪な安田に毒されてきたのではないだろうか。

安田は、自分が倫司を発見した、と自慢している。

『俺、初めて倫司の歌を聴いた時、鳥肌が立ったよ』

だが、千夏は安田が大嫌いだ。安田も、千夏が嫌いみたいで、ライブのＭＣでは、おおっぴらに悪口を言っているらしい。千夏が知り合いから聞いた悪口は、こういうものだった。

『倫司もちょっと引っかかっちゃったんですよ。あれは最大の落とし穴って言うんですかね。ああいうの、一方的出来ちゃった婚って言うんですか。あれ、言い過ぎ？　俺、言い過ぎ？　でもさ、俺の倫司を汚《けが》すなっていうの。しかも、母親と一緒に倫司のところに来て、赤ちゃんが出来たってお腹さすったんだって。最悪じゃないすか』

観客は困った顔をしながらも、大爆笑だったそうだ。拍手をする女たちが多かったという。

「あたし、安田嫌い。いっつも、あたしの悪口言うんだもん」

しかし、倫司は、自分の妻がディスられているのにも平気で、安田を許している。どころか、庇《かば》う。

「千夏はそう言うけど、安田さんは優秀だよ。安田さんがいなかったら、リンストは駄目になると思う。それに、千夏のことを言うのは、安田さんの戦略なんだよ、リンストを売るための。それくらい許してやれよ」

倫司はそう言うけれども、千夏が悪妻だという噂を流布することが、どうしてリンストを売るための戦略になるのか、どうにも解せない。

つまりは、人気ボーカリストの倫司が結婚したことによって、ファン離れを怖れた安田が、千夏を悪妻に仕立てて、今度は同情を引き寄せたいということか。しかし、それはあまりにも品が悪くないか。姑息《こそく》な手段ではないか。

安田がライブのMCで、「倫司の奥さん」の悪妻ぶりを縷々《るる》喋っているせいで、今やネットで「倫司　悪妻」と検索すると、かなりの数がヒットするようになっていた。

ファンのツイッターを見た千夏は、怒りで卒倒しそうになったことがある。

曰く、奥さんが六歳も年上で不細工なのに、どうして倫司が結婚したのかというと、妊娠してしまったので同情からに過ぎない。倫司はそういう情に篤い男。しかも、奥さんは、娘に「七音」と書いて「ドレミ」と読ませるような名前を付ける軽い女。いかに倫司の懐が深いかがわかるエピソード云々。

急にあれこれ思い出して怒りが蘇《よみがえ》った千夏は、倫司に詰め寄った。

「ドレミって名前付けたの、倫司だよね？」

「何だよ、突然」

「あたしが付けたって、ファンの間で言われてるって本当？」

「知らねえよ。どうだっていいじゃん、そんなこと」

唐突に言われた倫司は、さすがに嫌な顔をする。

「どうだってよくないよ、倫司」

倫司はイヤフォンを耳にぎゅうぎゅう差し込むと、寝室にしている奥の六畳に行ってしまった。そこではすでにドレミが寝ているから、喧嘩もできない。

「待ってよ、倫司。ちょっとここで話してもいいでしょ？」

「嫌だ、眠い」

千夏は溜息を吐いた。このままでいいのか、という声がどこからか聞こえる。こんなに孤軍奮闘しているのに、自分だけが悪者になって夫が浮かび上がるという構図が許されるのか。

確かに、自分が倫司と結婚したのは、ドレミがお腹の中にいたからだ。でも、結婚したのは、倫司の同情ではなかったはず。倫司だって、千夏が大好きで、二人の子供が欲しいと言ったではないか。

これは倫司のバンドを解散させても、安田に文句を言うべきだ、と千夏は考えた。決心を固めて寝室に行くと、ベッドの上で倫司は鼾《いびき》をかいていた。外れたイヤフォンを耳に当てると、リンストのナンバーだった。千夏は汚らわしいもののように、イヤフォンを投げ捨てた。


翌朝、出勤のためにバタバタと走り回っていた時、倫司はまだ寝ていた。

牛丼屋のシフトがどうなっているのか、千夏には教えてくれない。千夏が保育園の送り迎えもすべてこなして、仕事にも行き、後で倫司が休みだったと聞いて、脱力することもあった。

「倫司、今日はお店行かないの？」

寝ている倫司の布団を剝《は》いで、耳許で怒鳴る。

「うん」と、倫司は顔を顰《しか》めて、寝ぼけ眼で答えた。

「じゃ、保育園のお迎え頼んでいい？」

「駄目」と首を振る。

「何で？　たまには行ってよ」

「今日、ライブ」

道理で、昨夜はぴりぴりしていたはずだ。だったら、行って見てやろうじゃないか。安田のMCを直に聞いてやろうじゃないか。

千夏はパーカーとジーンズを脱ぎ捨て、花柄のワンピースを頭から被ってカーディガンを羽織った。ライブに出向くからには、仕込んで行かねばならない。母親が慌てて着替える様を、支度のできたドレミが、驚いたように見上げている。

「さあ、行くぞ。ドレミ」

娘を抱えるようにして、マンションの廊下に飛び出て行く。隣室で、息を潜めるようにして、自分たち親子の動向を窺っている老夫婦の気配を何となく感じたが、千夏はわざと足音高く走り去った。

千夏は、二駅離れた乗換駅の駅ビルの中にある、食器を売る店で働いている。店長の目を盗んで、スマホでライブ会場を調べた。新宿のライブハウスと知って、落胆する。

新宿まで出るなら、ドレミを連れて行くわけにはいかない。余程、行くのをやめようかと思ったが、隣の老夫婦の顔がふと浮かんだ。

七時に店が終わり、保育園にお迎えに向かった。ワンピースの裾を翻して自転車を漕ぎながら、いったい自分は何をしているのだろうと思うと笑えてくる。わかっているのは、何となく普段と違う、荒ぶっている自分がいることだった。

「ごめんください」

隣室のインターホンを押しながら、急に部屋に戻りたくなった。このまま、何ごともなかったかのように、貧しい夕食を食べ、寝てしまった方がよくはないか。だが、ライブの後、女の子のファンに囲まれる倫司や安田を思うと、許せない気がした。

「はい?」

夜の訪問者は疎《うと》ましい。そう言いたそうな爺さんの声音だった。

「すみません、隣の井筒《いづつ》です」

「ちょっと待って」

今度は山本夫人に替わった。口の中に何か入ったままらしく、慌てて咀嚼《そしゃく》している音までインターホンから聞こえる。

「どうなさったの」

いきなりドアが開いて、千夏は驚いた。パジャマ姿の山本夫人が現れたのだ。

「あの、突然ですみませんが、ドレミを預かって頂けませんか？　二時間でいいんです」

娘が、驚いたように母親を見上げるのがわかった。

「そんな。あたしたち、もうやすむところですよ」

まだ八時前なのに、と思ったが、さすがにそれ以上言うことはできない。

「すみません。ちょっと用事ができてしまったんです。こんな時は、地域の方に頼るしかないと思って」

山本夫人が、疑り深そうに千夏の全身を眺めた。諦めるか、とドレミの手を握って、踵《きびす》を返しかけた時、山本夫人が仕方なさそうに頷いた。

「じゃ、いいですよ。うちのせいと言われても困りますしね。十時までね。ドレミちゃん、いらっしゃい」

「ありがとうございます」

ドレミを品物のように山本夫人に押し付けると、千夏は後ろも振り返らずにマンションの廊下を走った。


ライブ会場に着いたのは、九時少し前だった。千夏は、満員だと断られたのを、「倫司の関係者です」と言い張って、無理に入れて貰った。だが、受付の男は、「あと数曲で終わりですよ」と気の毒そうに言う。

千夏は間に合ったことにほっとして、人垣の一番後ろに立った。七、八十人の客がぎっしりと立っている。「ほうれいせん」のライブの時には、ついぞ感じたことのない熱気が籠もっていた。

ステージの中央に立っているのは倫司。ジーンズにトレードマークの白いスニーカー。千夏が洗濯した黒いTシャツを着ている。

「ええ、今日は大入り満員で嬉しいです。僕ら、ひと月に二回ほどライブやってますが、今日は特別にやらせて貰っているわけで、そんな時は、お客さん来てくれるかなと心配なんですけど、マジ嬉しいっす」

ギターを抱えた安田が、へんてこなハットを被って喋り散らしている。お調子者め、と千夏は睨んだ。つまらんMCなんかやめろ。倫司はあたしのものなんだから、おまえになんか渡さないよ。腹の中が煮えくり返るようだった。

倫司は聞いているのかいないのか、時折目を閉じ、腕組みして立っている。カッコいいと誰もが思っているに違いなく、そのパワーが、自分を悪妻に仕立てるのかと、千夏は少したじろいだ。

「倫司の奥さんって、ほんと、俺怖いんすよ」

来た、倫司の悪妻ネタ。誰もがそう思ったに違いなく、知っている者同士に通じるような忍びやかな笑いがあちこちで聞こえてくる。

「娘の名前が、七つの音と書いて、ドレミ」

どっと笑いが起きる。

「その前は、ナツレって案もあったんですって。皆さん、ナツレってどういう意味かわかります？」

「わからない」と、誰かが答えた。

「いいですか。ナツレって、ローマ字で書くとNATURE。ほら、ネイチャー」

爆笑が起きた。

「すごいドキュンですよね。その前は、泡のお姫様と書いて、何だと思います」

「アリエル」と、女の声が叫んで、またも笑い。誰もが大笑いしている。

「そうそう。よくご存じで。ま、倫司の娘さんが、ドレミでよかった、ということで。次の曲は、『俺のあの娘はバクダン娘』」

一人、倫司だけが笑っていなかった。前奏を聴きながら、目を閉じている。安っぽい安田と、凛とした倫司。笑われれば笑われるほど、千夏は、自分が地に足を着けているのだと感じた。その時、歌いだそうと目を開けた倫司と、一瞬目が合った。倫司が困惑したように目を背けたのを、千夏はしっかりと見た。

武蔵野線

銀座から乗った客は、タクシーチケットを持っている。手にした紙片に目を落としながら、並んでいる数台の車をスルーし、原田《はらだ》の車の社名灯を確かめて乗り込んだのだから、間違いあるまい。案の定、割のいい中距離客だった。

「よみうりランド。中央道の稲城《いなぎ》で降りてから川崎街道」

男からは、焼肉とアルコールの強烈な臭いが漂ってくる。かなり酔っているようなので、原田は寝入られるのを警戒した。

「すみません、住所をナビに入れさせてもらっていいですか」

「いいよ。稲城市矢野口」

男がすらすらと自宅の住所を言うので、急いで入力した。

「あのう、高速に入ってもいいですか？」

念のために確かめると、男は面倒臭そうに返した。

「いいよ。さっき言ったじゃない、中央道の稲城だって」

自分と同じくらいの年齢だろうか。半分白髪になった頭や、緩んだ頬からは、老年の入り口に佇《たたず》む陰りがある。

「では、霞が関から乗りますけど、よろしいですね」

男は無言で目を閉じてしまったので、原田はさっさと車を発進させた。車が走りだすなり、男はすぐさま眠ってしまった。

霞が関インターの入り口前の赤信号を待っている間、メールの着信音が聞こえた。みきちゃんからだろうか。微かな音だったが、このところ連絡がなくて待ちわびていたから、聞き逃すはずはなかった。早く確かめたくて堪らないが、実車しているのでチェックはできない。

苛々《いらいら》してバックミラー越しに確かめると、客はすでに口をぽかんと開けて、鼾《いびき》をかいていた。思い切って発信者の名前だけ見ようと、ダッシュボードの物入れに入れたスマートフォンに手を伸ばしかけた時、信号が変わった。

みきちゃんは、原田が最近好きで堪らない女だ。ちょうど三十五歳だから、五十三歳の原田とは十八歳も違う。

ということは、自分が高校を卒業する頃、みきちゃんはようやくこの世に生を受けたのだ。そう思うと、急にみきちゃんという存在が愛おしくなる。いや、愛おしいどころか、神様に感謝したいような、神々しい気持ちになるのが不思議だった。二つ年上の別れた妻になど、一度も感じたことのない聖なる感情だった。

中年男がはるか年下の女に惹かれるのは、若くて美しいから、という理由だけではない。経験や知識など、共有するものなど何もないからこそ、女が男とはまったく違う生き物だと感じさせてくれるからだ。

原田は、どんな顔立ちをしていようと、痩《や》せていようが太っていようが、年の離れた女たちが愛しくて仕方がない。そんな心持ちになったのは、離婚したからだろうか。それとも、自分が歳を取ったせいか。

原田は、みきちゃんの笑顔が見たくて涙ぐみそうになった。最近、みきちゃんが冷たくなったような気がして、不安なのだ。そして、このメールがみきちゃんからでなかったらどうしよう、と怖ろしくなった。

みきちゃんは、駅前の「ＯＮＡＯＳＩ工房」という、服のリフォームや、靴やバッグの修理をしてくれる店で働いている。原田がチノパンの裾上げを頼みに行った時、親切に対応してくれたのがみきちゃんだった。

ミシンに向かっていたみきちゃんは、店に入って来た原田を見て、「いらっしゃいませ」と立ち上がった。灰色のＴシャツの上に、「ＯＮＡＯＳＩ工房」と刺繍された茶のエプロンをしていた。Ｔシャツから出た二の腕が白くて眩《まぶ》しかった。

「パンツの裾が長いので」

原田は手にした紙袋から、さんざん穿《は》き古したチノパンツを出して小さな声で言う。みきちゃんはパンツを受け取ると、職業的な手付きで皺《しわ》を伸ばしたり、裾を裏返したりした。

「何センチくらい切りますか？」

後で三十五歳と聞いて驚いたが、その時のみきちゃんは二十代にしか見えなかった。長い髪をきゅっと引っ詰めて、剝《む》き出しになったおでこがつるつるで綺麗な形をしていた。目が小さくて細いのだが、眉毛が太くはっきりしているので、小さな目が逆に魅力的に映る。

原田は、穿き古したパンツを持って来たことが急に恥ずかしくなった。

「裾を引きずるから、三、四センチくらいですかね」

「あら、ほんとだ。ほつれてる」

みきちゃんが、破れて汚れた裾に指で触れた。

「すみません、こんな汚いまま持って来て」

「いいですよ。切っちゃうから」

みきちゃんがにっこり笑い、原田はその時、ヤバいと思った。恋に落ちそうだった。

一時間ほどでできると聞いて、原田は腕時計を見ながら、きっかり一時間後にONAOSI工房に向かった。

「原田さん、こちらですか？」

みきちゃんは休憩時間なのか、初老の女性が直ったズボンを差し出したので、原田はがっかりした。

しかし、ONAOSI工房の中を見回した原田は、希望を持った。靴の修理、ボタン付け、かぎ裂きのできたシャツのかけはぎ、鞄の修繕、鍵のコピー。男の一人暮らしだから、探せばいくらでも、ONAOSI工房に頼むことはあるはずだ。客もひっきりなしに訪れて、靴や服などを持ち込んでいるではないか。よし、今度はみきちゃんのいる時間を見計らって、新品のジーンズの裾上げを頼もう、と原田は張り切った。

非番の日に何度か用事を作って通ううちに、みきちゃんとは顔馴染みになった。そのうち、帰りを待ち伏せて偶然を装い、一緒に食事ができた時は天にも昇る心地だった。

「へえ、タクシーの運転手さんなんですか」

みきちゃんが、パスタを器用にフォークに巻き付けながら原田の顔を見上げた。

「そうなんですよ。前は小さな会社をやっていたんだけど、ものの見事に潰しちゃってね。それで二種免取って運転手になりました」

それは本当だった。原田は昔、女性物の服の卸し業をしていた。ファッションビジネスも賭に近い。これが流行《はや》りそうだと思うと、大量に仕入れる。当たれば儲け、外れると損をする。

勘が鈍くなったのか大損が続き、とうとう会社が潰れたのは七年前だ。共同経営者だった妻と別れたのも、その時だった。原田が、従業員の女と付き合っていたのがばれたのだった。『そうじゃないかと思ってた』と、妻はうんざりしたように言った。以来、原田は一人暮らしで、タクシーの運転手をやっている。

「あたしの父親もタクシーの運転手、やってるんですよ」

パスタを食べ終えたみきちゃんがそう言った時は驚いて、運命まで感じた。

「ほんと？」

「はい、島根の方でですけど」

「へえ、実家は島根なの？　島根って行ったことがないなあ」

「いいとこですよ。出雲大社とか宍道湖《しんじ》とか名所もたくさんあるし」

ゲゲゲの鬼太郎も近くにいます、とみきちゃんは続け、原田の顔を見て笑った。会って話すだけでよかった。顔を見ているだけで満足した。それ以上の付き合いや結婚なんて、大それたことは一切考えていない。だから、メールアドレスを交換できた時は歓声を上げそうになった。

みきちゃんとは他愛のないメールを交換するだけの間柄となったが、原田の想いは次第に募った。一緒に暮らしたい、とまで願うようになった。

だが、最近はそのメールの文面が素っ気なくなったような気がするのは、何か理由があるのだろうか。メールを送っても、時折、返信が来ないことさえあった。痺れを切らした原田は、とうとうこんなメールを認《したた》めてしまった。

最近、メールがあまり来ないけど、彼氏が出来たのかな？
きみからのメールが来ないと、心配でなりません。
これが私の電話番号です。よかったら、電話ください。

電話番号を書いたのがまずかったのだろうか。このまま、みきちゃんが自分から離れて行ってしまったら、この先、どうやって生きていけばいいのだろう。
頼むから、さっきの着信音は、みきちゃんからのメールであってほしい。原田はスマートフォンを見つめて、祈るような気持ちになった。

首都高を霞が関インターから入ると、薄暗いトンネルになる。中央道方面に行く場合は、四号線と合流しなければならない。その合流は左側なので、四号線本線の方は、追い越し車線側となる。加速レーンが短いため、事故も多く、神経を使う場所だった。原田はまず左の車線に入った。しばらくトンネルの壁沿いに走ると、壁の切れ間から左の四号線に合流だ。気を付けよう、と気合いを入れたその時、原田は信じられないものを見て仰天した。

白髪の老人が自転車に乗って、首都高のトンネルを走っているではないか。原田は反射的にブレーキを踏むと同時に、バックミラーで後方を確認した。少し後ろに一台、後続車のヘッドライトが見える。

自転車はよろよろと壁に沿って走っていた。どこから入ったのかわからないが、このまま合流地点まで来たら、左折する車にぶつかる可能性は高い。

そこを何とかしのいでも、四号線に入れば、右車線をびゅんびゅん飛ばしてくる車は、自転車という予想外の乗り物に対応できないだろう。自転車を発見してから急ブレーキをかけても、もう遅い。最悪の事態を想像して、原田の下腹が冷えた。

原田はスピードを落として、クラクションを鳴らした。老人は振り向きもせずに、白髪をなびかせて自転車に乗っている。白いシャツ姿の肩に力が入っているのがわかる。

抜きざま、ヘッドライトに照らされた横顔を見て、原田は驚いた。見覚えがある顔だった。まさか、あれは別れた妻の父親ではあるまいか。雰囲気が似ているが、違うだろうか。名前を思い出すのに、ほんの少し時間がかかった。山本稔《みのる》。

自転車の老人が義理の父だった人かもしれない、と思った瞬間、自分の見ているものが現実とは思えなくなり、ぞくりと恐怖が襲ってきた。

果たして、自転車の老人を見たのは自分だけだろうか。慌ててバックミラーで後部座席を振り返ったが、客は口を開けて眠りこけている。

原田のタクシーは、スピードを落としたにも拘《かか》わらず、瞬く間に自転車を追い越した。じきに合流だ。原田はバックミラーで自転車の老人を追っていたが、やがて闇に溶けて見えなくなった。

後続の車はどうしただろう。うまくよけただろうか。それを見届けたくても、停止することはできないから、捨て置くしかなかった。

無事に四号線に入れた原田は、右のサイドミラーを凝視した。自転車らしき物は映らなかった。自分が合流してからすぐに追い越し車線を外車が走って行ったが、事故が起きた様子もない。

もし、あれが妻の父親の山本だとしたら、自分が見たのは幽霊かもしれない。ちょうど山本が亡くなって、その報せを別れた妻が寄越したのだとしたら。原田はちらりとスマートフォンに視線を送ったが、すぐに打ち消した。

離婚後、妻から連絡があるのは、一人娘の養育費に関する相談の時だけだった。最後にメールが来たのが一年前。娘が無事に大学を卒業したから、もうあなたに連絡することはないでしょう、という最後通牒だった。

娘には「卒業おめでとう」とメールしたが、何の返事もなかった。おそらく、離婚の際に見苦しかった父親を多感な時期に見て、許せないに違いない。これからは、娘の消息を一切聞くこともないのだ、結婚しても知らせてはくれないだろう、と原田は寂しく思ったが、すべて身から出た錆《さび》、甘んじて受ける他ないのだった。

だから、妻が自分の父親が死んだことなど、わざわざ知らせてくれるはずもないし、また山本が亡くなったとしても、もう自分には関係のないことだ。

そもそも、義父をよく知っているわけでもなかった。会ったのは、結婚する時と実家に遊びに行った時くらいで、ろくに話したこともない。

山本は、埼玉のタウン誌の編集記者をしていた。元は大手新聞の記者だったが、喧嘩して辞めた、と聞いた。それでも、本人はジャーナリストの矜持《きょうじ》があっただろうから、「いとへん」と呼ばれるファッションビジネスに携わる婿《むこ》など、さぞかし軟弱に思えたことだろう。

妻は原田の二歳上だから五十五歳。その父親の山本が健在だとしても、八十歳を優に越えていることだろう。さっきの自転車の老人はそれよりは若く見えた。

そう思い至った時、鳥肌が立った。だとしたら、若い頃の山本が現れたことになる。やはり幽霊か。幽霊をこの目で見た、と思うと怖ろしかった。

果ては、後ろで眠りこけている客までが、得体の知れない化け物に思えてくる。よくある怪談だが、いつの間にか姿が消えていたらどうしよう。原田は慌ててバックミラーで客がいることを確認した後、おのれの臆病さに苦笑いした。

新宿を過ぎたところで、急に渋滞した。C2との合流地点で、いつも混む場所だ。のろのろ運転をしていると、客が起きる気配がした。

「まだ、新宿か」と伸びをする。

「じきに初台です」

「混んでやがんなあ」

客は独り言のつもりで呟いたようだが、原田は話しかけた。住所をナビに入れたとしても、起きていてもらいたい。

「お客さん、さっき首都高で自転車に乗った人、見ましたか？」

「自転車？」客は素っ頓狂な声を上げた。「首都高に自転車が走ってたの？」

「はい、霞が関から入って、合流があるじゃないですか。その合流地点のちょっと前を、自転車に乗ったお爺さんが走っていたんです」

客が俄然乗ってきた。

「最近、多いんだってさ。通行人が首都高に入っちゃうの。危ないよね」

息が酒臭い。

「よく聞きますけど、自転車は初めてですね」

「老人だろう？」

「はい、そうです」

「年寄りは勘違いしちゃうからね。逆走とか、多いらしいじゃない。それにしても、自転車なんて危ないなあ。それ、絶対に事故ってるよ」

だったら、ニュースになるだろう。後で確かめればよい。客と話していると、幽霊ではないかと怯えた自分が、恥ずかしくなった。

「いやあ、ほんとびっくりしました」

「首都高のトンネルって暗いだろう。そんなの見ちゃうと、幽霊じゃないかって思うよね」

「はい、実を言うと、どきりとしました。怖かったです」

「だろう？　よかった、俺寝てて。見ないで済んだ」

「運転手はそうはいきませんからね」

「当たり前だよ」

二人で何となく笑い合って、その話は終わりになった。

初台を過ぎると、渋滞は解消して再び流れるようになり、二十分後には、客の自宅マンション前で停めることができた。

払いはやはりチケットだった。原田は客が降りた後、チケットを検分した。何と山本が勤めていたという大手新聞社のチケットではないか。あの客は、山本と同様、「ジャーナリスト」だったのかもしれない。だから、首都高に自転車と聞いて、あんなに身を乗り出して興味を示したのだ。偶然の一致に、またもぞくりとした。

原田は逸《はや》る心を抑えながら、コンビニの駐車場に車を停めた。祈るような気持ちで、スマートフォンを見る。が、残念なことに、メールの発信元は、以前登録したニュースサイトだった。激しく落胆して、しばらくスマートフォンをいじくっていたが、我に返ってコンビニでトイレを借り、生茶のペットボトルを買った。

茶を飲もうとキャップを取った時、突然パニックが襲ってきた。あんなメールを送ったせいで、みきちゃんが二度と連絡をくれなくなったら、どうしよう。みきちゃんの電話番号は教えてもらってないから、声を聞くことも叶わない。みきちゃんを失う生活など耐えられっこなかった。

悶々とした挙げ句、原田は思い切ってメールを書いた。

この間は変なメールを送ってすみません。
私は多くを望みません。
ただ、みきちゃんから連絡がほしいだけです。
よかったら、このメールに返信してください。
空メールでもいいです。

これで返信がなかったら、明日店に行ってみるつもりだ。カカトの減った靴でも持って行けばいいだろう。そうだ、みきちゃんの顔を見るのが一番いい。そう思うと、少し気が楽になったが、明けまで五時間、暗い気持ちで走り続けることを思うと溜息が出た。

翌朝五時に仕事を終えて、原田は営業所に停めておいたバイクで家まで帰った。みきちゃんからの返信はないが、深夜に送ったメールなので、まだ見ていない可能性もある。それが一縷《いちる》の望みだった。

原田の自宅は、私鉄駅に近いワンルームマンションだ。ONAOSI工房は駅の向こう側にある。みきちゃんはいつも早番なので、開店時間の十時過ぎに行ってみるつもりだ。

仮眠しようとベッドに横たわったが、みきちゃんが去って行ったら、と思うと不安で堪らず、一睡もできない。もし、みきちゃんにメールや電話を拒絶されたら、いっそ死んでしまおうかとも思う。何の希望もないのだから、生きていてもしようがないではないか。一人娘も七年前に別れたきりで、愛情を注ぐこともできないのだ。原田はベッドの上で目を瞑ったまま懊悩《おうのう》した。もし、自殺するとしたら、どんなやり方がいいだろうか。首吊りか、飛び降りか、飛び込みか。

不意に、義父の山本の綽名《あだな》が「武蔵野線」だということを思い出した。その逸話は妻に聞いた。何かあると、山本は「武蔵野線に飛び込んで死にたいよ」と冗談めかして呟いていたらしい。それで、仲間から「武蔵野線」と呼ばれていたと。

まさか、山本はその冗談通り、武蔵野線に飛び込んで死んだのではあるまいか。そんな想像が湧いて、原田はがばっと起き上がった。寝られそうにないので、風呂を沸かして、飯を炊く。

十時過ぎ、原田は徒歩でＯＮＡＯＳＩ工房に向かった。シャッターはすでに開いていて、靴の修理をする若い男性従業員が箒《ほうき》で店の前を掃いていた。顔見知りなので、挨拶《あいさつ》しながら靴を見せる。

「いらっしゃいませ」

「カカトが減っちゃってさ」

何気なく店内を見たが、初老の女性がミシンの前に座っていた。なぜ、いない。何も考えられなくなった。辛うじて何気ない風を装って尋ねる。

「あれ、いつもの彼女は?」

「辞めましたよ」

初老の女性はそう言って、原田の顔をまじまじと見上げた。まるで、おまえのせいだ、と言われているような気がして、原田は目を背けた。

靴を手渡した男性従業員が尋ねる。

「三十分くらいでできますが、ここでお待ちになりますか?」

「後で寄りますから」

何とかそれだけ告げると、原田は商店街を当てもなく歩いた。どうしたらいいか、わからない。勤務明けなのに一睡もしていないし、頭がぼうっとして考えが纏《まと》まらない。

原田は開店直後のスーパーマーケットにふらふら入り、入り口に置いてある木のベンチに腰を下ろした。スマートフォンを見るが、当然のように返信は来ていない。

ああ、とうとう怖れていたことが起きた。みきちゃんを永遠になくしてしまったのだ。

涙が滲《にじ》んできた。キスはおろか、手を握ったこともない。ただ、メールの交換をして、たった一回食事をしただけの関係だったが、心から好きだったのだ。

「武蔵野線にでも飛び込むか」

独り言を言った後、何だか自棄《やけ》っぱちな気持ちになって、元の妻に電話をかけていた。

「久しぶり。どうかしたの？」

妻の声を聞くのは何年ぶりだろう。

「元気そうだね」

「まあね。そっちは？」

「元気でやってる」

「何の用」

妻は早く切りたそうだ。合理的で冷たい女だったと思い出したが、それでも切り口上の声音を聞いていると懐かしかった。思わず正直に打ち明けた。

「寂しくなって、つい」

「どうせ、女にふられたんでしょう」と、笑う。

原田は笑う元気もなくして、無言でいる。

「あのさ、お父さん、元気?」

「どうして」

「昨日、首都高で自転車に乗っている人を見たんだけど、それがお父さんにそっくりだった」

「もう亡くなったわよ」

「ああ、やっぱりな。じゃ、他人の空似だったんだな」

「そんなに似てたの?」

「うん、ちょっとどきっとした。お父さん、いつ亡くなったの」

「もう三年くらい経つかしら。いや、四年か。震災の年だったからね」

「病気?」

「いや、武蔵野線に飛び込んだのよ」

「悪い冗談やめろよ」

「ほんとよ。みんな、お父さんの言葉って本気だったんだねって驚いていた。いつかやるつもりだったのか、口癖だったから実行しないと悪いと思ったのか、何だかんだ言って、お父さんって律儀だったのね」

「そうか、それは気の毒だったね」

「鉄道自殺なんてするもんじゃないわよ。後が大変だから」

「そうか、知らなかったな。何で死んだのかな」

「さあ、わからない」

珍しく夫婦のような会話が続いた。

「じゃ、お父さんの幽霊でも出たのかしら。首都高で自転車なんて気持ち悪いわね」

「そうなんだ。俺、お父さんが亡くなったのかな、なんて一瞬思ったよ」

「でも、お父さん、自転車なんか持ってなかったから、やっぱ違うと思うわよ」

「そうか、安心した。てか、あんたと話せてよかったよ」

「何かあったの」

元の妻は勘がいい。原田は躊躇《ちゅうちょ》したが、やはり喋っていた。

「俺、ちょっと好きな子がいたんだけど、その子、逃げちゃったんだよ」

言葉に出して言うと、悲しくて心臓が止まりそうになった。どれだけ自分がみきちゃんに頼っていたのか、思い知らされた気がした。

「ふうん。もうあなたも五十四くらいになった？　じゃ、辛いでしょう」

「辛いよ。あんたにこんなこと言って悪いけどね」

「いいわよ。もう他人だもの。あとね、お父さんが死んだって嘘よ。まだぴんぴんしてる」

　妻だった女がそう言ってけらけら笑った。おまえには男の絶望など、一生わからないだろう。山本稔が気の毒だ。原田は本気で武蔵野線に飛び込もうか、と思うのだった。

みなしご

まだ本降りにはなっていないが、暗い空の色を見る限り、雨脚はじきに強まりそうだ。レインウェアを着せようかどうしようかと倉田《くらた》は迷って、今から散歩に連れて行く飼い犬ハッチの白い背中を見下ろした。

ハッチはレインウェアを嫌がるから、着せるのがひと苦労だ。しかし、毛が濡れるとタオルで全身を拭いてやらねばならないし、家に入れてもしばらくの間、犬臭くて閉口する。迷う倉田を尻目に、ハッチは焦《じ》れた様子で、玄関ドアを開けてもらうのを今か今かと待っている。

「もう、いいよな。濡れたって我慢しろよ」

倉田はハッチにリードをつけ、ビニール傘を差して表に出た。途端に雨が強くなった気がした。ハッチは案の定、急に浮かない顔になって雨に打たれている。若い頃は散歩が大好きで、どんな天候でも気にした様子はなかったものだが、歳を取って雨が嫌いになったのだろう。

思えば、ハッチも十一歳だ。人間で言えば、七十歳過ぎだ。自分とほぼ同い年ではないか。ついこの間まで可愛い子犬だったのに、いつの間にか犬に追いつかれ、追い越されようとしている。ハッチも自分と同様、いろいろなことが億劫になっているのだろう。

ハッチは、死んだ妻が強引に飼い始めた雑種犬だ。ある日突然、思い立ったように妻は、捨て犬や捨て猫の譲渡会があるから行ってくる、と倉田に告げた。

だが、倉田はちょうど定年を迎えたばかりで、こっちも歳を取るのに犬の世話なんかできないよ、と反対した。どうせ飼うなら、もっといい犬が欲しいという気持ちもあったし、定年後は妻とのんびり旅行でもしたいから、飼いものは面倒だと思ったのだ。だが妻が、可哀相な犬を飼うのは私の長年の夢だった、その夢くらい叶えさせてほしい、とまで言うので折れた。

しかし、妻が譲渡会でもらってきた犬は、生後五カ月以上は過ぎていたらしく、子犬ではなく中途半端に成長した犬だった。譲渡会では、まったく誰もその犬を顧みなかったらしい。顧みられなかった理由は、それだけではなかった。ハッチは茶色味を帯びた白色、つまり薄汚れた白犬で鼻はピンク。雑種犬の中でもとりわけ貧相で、みっともない犬だったのだ。どうして、こんなのもらってきたの、と倉田が思わず嘆息したほどだ。

倉田の発言に反抗するかのように、妻はとても可愛がった。みなしごだからハッチ、と命名して、朝晩の散歩を欠かさなかった。ハッチは牡《おす》犬で活発だから、やたらと長く散歩に行きたがった。根っからの野良で、外が好きだったのだろう。

それが無理だったのかもしれない。妻はハッチと命を入れ替えたかのように、ハッチが来てから半年後に、心臓麻痺で急死してしまった。

以来、あらゆることにやる気の失せた倉田は、残されたハッチと静かに暮らしているのだった。いや、それは、何かが欠如したまま、それに気付かない鈍感なふりをする暮らし、と言う方が正しいのかもしれない。

生きる張り合いのなさに、ハッチが死んだら、自分も死んでしまおうかと思うことも、実は一度や二度ではなかった。倉田は、妻の遺したハッチの世話や散歩があるから、生きているのだ。その意味では、ハッチは大切な犬になっていた。

ハッチは雨に濡れたせいか、項垂《うなだ》れて歩いている。その様は、まさしく老犬だ。倉田は、ハッチのリードを引いて、自宅の左隣に建つ建物の前を横切った。横目で建物を見る。赤い瓦を載せた、木造モルタルのアパートだ。ひびの入った外壁を縦横無尽に蔦《つた》が伝い、鉄の階段は赤錆びが浮いている。

倉田はこのアパートを見るたびに憂鬱《ゆううつ》になる。まるで自分の姿のように感じられてならないのだ。倉田は、このアパートの大家である。

親から相続したのは、この古ぼけたアパートと自分の住まいとなった一軒の平屋だ。倉田はしがない中小企業の勤め人だったので、家作の家賃収入はおおいに助かったものの、アパートの管理は結構な重労働だった。それも妻任せだったのだが、妻の死後は倉田の負担となった。つまり、倉田は定年と同時に妻を失い、代わりにハッチとアパートの管理という仕事を得たのだった。

だが、これからはアパートの管理から解放されて、もっと自由に暮らせるはずだ。なぜなら、取り壊した後に、土地を売却するつもりだからだ。

アパートは全部で八部屋ある。そのうち七部屋は雨戸が閉まっている。建物の老朽化を口実にして、居住者に出て行ってもらった。建て直したら、また住まわせてください、と懇願する者もいたが、うまく口実をつけて断った。

その時、更地にして売るつもりだとは、ひと言も言わなかった。売却した金で年金を補い、少しは楽な暮らしをしようと思っていることを、長い付き合いの居住者たちには、どういうわけか知られたくなかったのだ。皆、住む場所も金もない困窮している老人たちばかりだ、と知っていたからだ。

倉田には、子供が二人いるが縁が薄い。長男は学生の時にアメリカに放浪の旅に出たきり、あちらに棲み着いてしまった。今はオハイオ州の田舎町で、韓国人女性と結婚したと聞いた。最近は連絡も途絶えているから、どうしているのかわからない。

長女は結婚して沖縄の離島に引っ越し、夫と念願のエコ生活に勤《いそ》しんでいるらしい。妻が死んだ時、葬儀に来て以来、実家に寄りつきもしない。

倉田は、連絡もしてこない冷たい子供たちには、自分の死後、遺産を遺すつもりは毛頭なかった。アパートを売り払った金もすべて自分が遣い果たして、あの世に行こうと思っている。

八部屋中、七部屋が空いたのに、一階の東端の部屋だけ、窓に少女じみたギンガムチェックのカーテンが掛かっている。困ったもんだ、と倉田は口の中で言い、電信柱に長々と小便を引っかけているハッチを待った。

「ハッチ。雨の中、お散歩偉いね」

澄んだ声がして、倉田は振り返った。老女というにはまだ少し早い女性が立っていた。赤い傘の色が顔に映えて、いつもより生き生きと見えた。

「あ、森村《もりむら》さん、どうも」

「こんにちは、お散歩ですか？」

森村はハッチを見ながら、快活に言った。滑舌がよくて、いつも明るい森村を倉田は気に入っている。ハッチも森村が好きで、エコバッグを提げた森村の手の匂いを嗅ぐために、ピンクの鼻先を近付けている。

「ええ、一日二回は連れて行かなきゃならないから」

「雨の日なんかは大変ですよね」

森村はゆったりと同情するように言う。ふっくらとふくよかで色白。どことなく品がよくて、おっとりした印象の森村は、困窮の欠片《かけら》も見せない。だが、倉田の追い出しにかかって、行き先がなくて困っているアパートの最後の住人だった。

「ええ、朝晩となると結構大変でね。女房はよくやってたな、と思いますよ」

それで疲れたのかな、とは言わなかった。妻の葬儀の後、森村とそんな話をしたことがあるからだ。

「ほんとですね。でも、奥様は毎日楽しそうにお散歩されてましたよね」

森村はうまく調子を合わせてくれる。

「はい、犬好きでしたからね」

「よく可愛がってらしたわ。ハッチって名前は、みなしごハッチから取ったって仰《おつしや》ってて」

森村は言葉を切った。

「みなしごハッチなんてアニメ、もう誰も知らないでしょうね」

「確かに」と言って、森村は笑った。「だけど、ハッチはもうみなしごじゃないですよね。奥さんがお母さんで、倉田さんがお父さんなんだから」

「なるほどね」倉田も笑う。

「そうですよ。幸せな犬です」

森村がしんみりと言ったので、倉田は話を変えようと空を見上げた。

「しかし、よく降りますね」

「ええ、春の雨ですね。しばらく続くみたいですよ」

「それは憂鬱だな。ところで森村さん、お部屋見付かりましたか？」

倉田はついでに聞いてみた。

「いえ、まだです。本当に私だけ残っちゃってすみません」

森村は悲しそうな顔で頭を振った。

「僕も伝《つて》を捜しているんだけど、なかなかないですね」

「それはそれは。どうもありがとうございます」

森村は溜息を吐きながら、ハッチの濡れた頭を白い手で撫でた。

「あら、こんなに濡れて、可哀相に」

自分の手もハッチの毛で濡れたはずなのに、撫で続けている。

「何だか追い出すようなことになっちゃって、本当に申し訳ない」

倉田が謝ると、森村は慌てて遮《さえぎ》った。

「とんでもない。二十五年もお世話になったんだから、こっちこそありがとうございますですよ。亡くなった奥様にもよくして頂いたし」

「うちのやつも、森村さんに仲良くしてもらってよかったです」

「いえ、こっちの台詞です」

森村は、それはない、という風に両手を振った。傘が揺れる。笑うと、目尻に皺《しわ》が寄って、人が好さそうに見える。実際、すごくいい人よ、と死んだ妻はいつも褒《ほ》めていた。

妻は森村と仲良くなり、部屋に遊びに行ったり、家に招いたりしていたらしい。妻経由で噂を聞いたこともある。身寄りはなく、スーパーなどで試食を勧める仕事をして、細々と暮らしている、という。

「じゃ、ごめんください」

森村は優雅に礼をして、倉田のボロアパートに帰って行った。もうじき、あの一階の部屋に灯りが点く。紺と白のギンガムチェックのカーテンを通して、道路にもその灯りが洩れ出るのだ。倉田はしばらく立ち止まって、アパートを眺めていた。

古くなった物件には、なぜか年寄りが住みつく。倉田のアパートも、金のなさそうな中年男が一人いた他は、全員、高齢者だった。

だから、追い出す方も申し訳なくて、倉田はなるべく次の部屋を見つけてやるようにしたが、それが成功したのは、比較的若くて仕事もある二人だけで、一人はケアハウス、残りの四人は施設に入ることになった。

施設に入るにはまだ若く、仕事があるにはあるけど、そうたいした収入ではなさそうな森村だけが、次なる部屋探しに難航しているのだった。

森村の住まい方は、大家として文句のつけようがなかった。ゴミ出しは完璧で、頼まないのにゴミ捨て場の掃除までしてくれる。ばかりか、他の部屋に住む年寄りのゴミ出しの世話や、買い物の手伝い、時には宅配便の預かりまでしてくれていた。

しかも、森村は一階に住んでいるので、猫の額ほどの庭がある。その庭に、大葉や茗荷《みょうが》、パセリ、ミント類などを植えて、近所に配っていた。窓辺には多肉植物の洒落《しゃれ》た鉢が飾られ、いつ訪問しても、綺麗に整頓された部屋にはゴミひとつ落ちていない。身綺麗できちんと住まっているのだから、何とかなりそうだが、それでも老人の一人暮らしに部屋は貸せない、と言われてしまう。

何と理不尽なことだろうと嘆いても、当の倉田だとて、アパートの部屋に住む老人たちには手を焼くことが多かったのだから仕方ない。家賃の滞る者、異様に部屋を汚くする者、飼ってはいけない規則なのに、野良猫を部屋に入れる者、いくら言ってもゴミの分別ができない者、トイレを詰まらせる者、風呂の水を溢《あふ》れさせる者、認知症を患っているのか、隣人が部屋を覗きにくる、と根も葉もないことを訴える者、最悪なのは、孤独死されることだ。それは幸いなことに一度もなかったが、ほぼ全員が高齢なだけに、いずれは心配しなくてはならないことではあった。

いや、自分の暮らしぶりだって、彼らのことを言えた義理ではない。倉田は雨に濡れたハッチの頭を見ながら、ぼんやりと思った。自分は堂々たる独居老人になってしまったのだ。妻が死んでからというもの、家の中は乱れ放題ではないか。遺品の整理もしていないから、まるで妻がまだ生きているかのように、そこらじゅうに妻の持ち物を散らかしたままで暮らしている。最初は妻の遺品を見たり、手に取るのが辛くて放ってあったのだが、そのうち片付けるのが億劫になった。

以前、アパートの部屋をゴミ屋敷にしてしまった老人がいて、退去させるのに大変だったことがあるが、自分の家だって似たようなものだ。どこに何があるかはわかっているが、掃除など滅多にしないから、雑多なものに埋もれて、犬と寄り添うようにして生活しているのだった。

会社の先輩で、自分と同じように男やもめになってしまった人がいたが、その人は妻と暮らした家を引き払って、小さなマンションに越した。その環境の変化が、ともすれば暗くなりがちな気分を大きく変えてくれた、と嬉しそうに言っていたから、自分もそんな方法を検討した方がいいのかもしれない。

それには、まずアパートを取り壊して土地を売ることだ。場合によっては、この平屋も取り壊して売ってしまった方がいいかもしれない。ハッチが死んだら、だが。

しかし、そうなったら、自分はたった一人で何をしたらいいのだろうか。一人旅か。それも寂しい。倉田は呆然として、ガリガリと音を立ててドッグフードを食べる犬を眺めていた。

ハッチが食べ終わった後、倉田は冷蔵庫を開けた。中には、賞味期限の切れかかったコンビニのサラダと、昨夜食べ残した、同じくコンビニのおでんが入っているだけだった。

天気が悪いので、買い物に行かなかったことを悔やんだが、また出るのも面倒で、倉田はおでんの残りとサラダを手にした。酒だけは切らしていないので、麦焼酎を熱い緑茶で割る。

テーブルの上に散らかっている、新聞だのチラシだのボールペンだのレシートだのを、向こう側に追いやって場所を作った。そこに温めたおでんとサラダ、湯飲みなどを運んで、テレビを点けた。侘しい食事が始まろうとしている時、インターホンが鳴った。

「森村でございます」

インターホンから柔らかな声が流れた。こんな時間に何ごとだろうと、倉田は慌てて玄関に向かった。ハッチも一緒についてくる。

ドアを開けると、森村が何だか申し訳なさそうな表情で立っていた。

「どうしたんですか」

「あの、よかったら、作りすぎてしまったので、召し上がって頂けますか」

いきなり大きなタッパーをふたつ手渡された。両方とも、掌にじんわりと温かい。

「手羽先の煮物と、竹の子ご飯です。美味《おい》しくないかもしれないけど、どうぞ」

「これは、どうも。すみません」

思いがけないことだったので、倉田は面喰らいながら礼を言った。ドアをいったん閉めかけたら、森村がすぐにまた強い力で開けたのでびっくりした。

「あのう、言い忘れました。鶏の骨は硬いので、ハッチには絶対に骨をあげないでくださいね」

「はい、わかりました」

「では、よろしく」と、森村は微笑みながら、赤い傘を差してアパートに戻って行った。

倉田は単純に嬉しかった。女から何かちょっとしたことをしてもらう、ということが絶えてないからだった。妻が生きていた頃は、食事は言うに及ばず、風呂に入れば洗い立てのバスタオルが出てくるし、靴も気付かぬうちに磨かれていた。アイロンのかかったハンカチ。毛玉を取ってクリーニングしてくれていたカーディガン。

どれもささやかなことばかりだけれど、妻が支えてくれていたからこそ、心豊かな暮らしが送れたのだ。ふと、洗って陽によく干された後のシーツのにおいを思い出して、倉田は悲しくなった。あのにおいを嗅ぐと、幸せな気分で眠ることができた。

「寂しいな、おい」

ハッチに声をかけると、ハッチはそんなことはとうに諦めているという風に、そっぽを向いた。

数日後、倉田は森村の部屋にタッパーを返しに行った。お礼に、近所で買った和菓子を持って行った。

「ご馳走様でした。しばらく手料理を食べてなかったので、本当に美味しかったです」

本音だった。森村は顔を輝かせて喜んだ。

「そうですか。だったら、もっと早く持って伺えばよかったですね。気になっていたんですけど、こっちもお節介だと思ったもんですから、なかなか言いだせなくて」

謙虚な森村ならそうだろうな、と倉田は思い、片付いた部屋を好ましく眺めた。森村は何か作業をしていたらしく、テーブルの上には小さなパソコンが載っている。妻が、森村さんはパソコンもできるのよ、とまるで自分のことのように自慢していたことを思いだした。

「じゃ、どうも」

あまり不躾《ぶしつけ》に眺めているのもと思い、帰ろうとすると森村に止められた。

「倉田さん、確実になってからご報告しようと思ったんですけど、ご心配でしょうから、今申し上げますね」

「はあ」

「次の住むところが、やっと見つかりました」

森村が暗い面持ちで言うので、倉田は喜んでいいのかどうかわからず、ただ「そうですか。それはよかったですね」とだけ言った。

「どちらの方に？」

本当は聞く必要などないのだが、森村が沈んだ様子だったので思わず訊ねた。

「津田沼にある独身寮で、住み込みの寮母をすることになりました。建設会社の社員さんが、二十人くらいいる寮だそうです」

「寮母さんですか。そりゃ、大変だ。料理も掃除もでしょう？」

「本当は夫婦者という募集だったんですけど、人がいないので、次のご夫婦が見つかるまでの繋ぎだそうです」

「じゃ、次の人が見つかったら、どうするんです？」

「出ることになるのかなあ」と、森村は曖昧《あいまい》に言って微笑《ほほえ》んだ。「だけど、とりあえずお部屋を空けることができたんで、ほっとしました。倉田さん、期限を過ぎたのに居座って、本当にご迷惑をおかけしました。すみません」

森村は深々と頭を下げた。

「いや、そんな」

倉田は驚き、かつうろたえた。森村だけ行き先が決まらないことに気を揉む反面、どこかほっとしていたことに、やっと気が付いたからだ。

森村が、倉田のアパートに住み着いて二十五年。長い付き合いで、妻とも親しかった森村が、自分の近くから消えることが急に耐え難く思えた。

「森村さん、よかったら、私の家で一緒に住みませんか？　ハッチと三人で」

森村は一瞬、びっくりしたような顔をして、ごくりと唾を呑み込んだ。倉田は必死で説得した。

「いえ、何も魂胆はありません。ただですね、寮母のお仕事は大変でしょうし、それもずっとじゃなくて、繋ぎなんだったら、不安定じゃないですか。次の人が見つかったら、また部屋を探さなくちゃならない。だったらね、森村さん、こう考えましょうよ。私たちはね、もうゆっくり楽しく暮らす歳なんです。だから、一緒に住みましょう。結婚とか、そんな大袈裟なことじゃなくて、ただ寂しい者同士が助け合って、一緒に暮らすだけです。絶対にご迷惑はおかけしません。お嫌でしたら、次の部屋が見つかるまで、ということでどうですか?」

驚いたことに、森村は子供のように涙を流していた。

「すみません、そんなお言葉をかけて頂いて。有難いです」

「どうでしょう? いいですか?」

倉田が何度問いかけても、森村はうんうんと頷くばかりで、言葉にならなかった。


森村が来てから、倉田の家は急に生気を取り戻したようになった。倉田が見込んだ通り、森村は有能だった。

倉田が手を付けられなかった妻の遺品や服、生活用品は森村の手で丁寧に纏《まと》められ、汚れたものは洗われ、納戸に収められた。不要品やゴミは小気味よく捨てられ、家具は磨かれ、家の中は見違えるように清潔になった。キッチンからは常に湯気が立ち昇り、ヤカンも鍋もぴかぴかに光っている。寝具はよく陽に干されて、倉田は再び陽に干された清潔なシーツのにおいを嗅いで眠ることができた。

もともと森村に懐いていたハッチも嬉しそうで、前より若返ったように見える。森村が朝の散歩に連れて行ってくれるので、倉田の負担も軽くなった。森村を迎えてからの倉田家は、よいことずくめだ。

「森村さん、本当にありがとう。あなたが来てくれて、助かったよ」

アパートの取り壊しが始まった時はハッチを連れて、二人並んでその作業の一部始終を眺めた。

「ほら、あなたの部屋が潰されるよ。あそこに何年住んだんですか？」

「二十五年と三ヵ月になるかしら」

森村は思い出すように空を見ながら答えた。

「あんなボロアパートに長く住んでくれて、感謝してます」

倉田の本音だった。居住者を追い出す時に、こう怒鳴った人もいたのだ。『こんなボロアパートに長く住んでやったんだ。感謝しろってんだ』

「いいえ、お家賃を抑えてくださったから、私みたいな者も住めたんです。本当に楽しく暮らさせて頂きましたよ。奥様にも親しくさせて頂いて」

「いやいや、こちらこそ」

倉田は、妻の話が出たので、二人の将来のことも話したくなった。

「森村さん、もしよかったら、私と結婚しませんか。このままでは、私が死んでも、あなたに何も残らないのが申し訳ないから」

森村は怪訝《けげん》な顔をした。

「だけど、倉田さんはお子さんがいらっしゃるでしょう。奥様が仰ってました。上の坊ちゃんはアメリカにいるって。お嬢さんのことも、しょっちゅう話されてましたよ。お孫さんが可愛いって。お二人はきっと反対されますよ」

「いいですよ、子供のことなんか。ともかく、考えておいて頂けますか」

森村は考え込んだように無言だった。

「子供のことなんか、気にしないで。私たちの幸せの方が大事ですよ」

倉田がなおも言うと、森村はやっと頷いた。

「その通りだと思います」

倉田はその返事を許諾だと思った。

アパートの土地はすぐに売れた。跡地にコンビニが建つという。隣にコンビニができたら便利だけれど、人が集まるから、車や自転車の往来でこの辺はうるさくなるだろう。

ハッチが死んだら、森村と結婚して小ぶりのマンションに引っ越そう。そして、土地を売却した金で森村と海外旅行するのだ。倉田は自分の計画に酔った。森村は倉田の子供たちに遠慮して、なかなか首を縦に振らないけれど、何とか説得しようと思ったし、説得できる自信はあった。

コンビニの建設が始まった。トラックが出入りして、倉田の家の前は騒がしくなった。工事関係者やコンビニ本部の者らしい人が行き来する。

夕方、倉田が森村と連れだって、ハッチの散歩から帰ってくると、倉田の家の門から中を覗き込んでいる男がいた。

「何か用ですか？」

男は驚いたように振り向いた。四十代半ばくらいの歳だが、陽に灼《や》けていて、ジーンズにラフなシャツ姿でサラリーマンには見えない。どことなく見覚えのあるような顔だ。

「どちらの会社の方ですか？」

そう問いながら、まさか自分の息子ではあるまいなと思い、息子の顔も忘れた自分に驚いた。だとしたら、沖縄で農業をやっている娘の婿ではあるまいか。そうだ、陽に灼けているし、そうに違いない。

「お母さん？」

男が森村に言った。

「違うよ」

何を間違えているのだ、と倉田は叱責しようとした。妻は亡くなったじゃないか、と言おうとして、森村が驚愕しているのに気付いて立ち竦《すく》んだ。

「哲郎《てつろう》？」

森村の声が震えている。

「そうだよ」

「どうしてたの、今まで」

「すみません」

二人は倉田そっちのけで、手を取り合って泣いている。何だ、他ならぬみなしごは俺だけだったのか。倉田は二人を見ながら、薄く笑っていた。

残念

佐知子《さちこ》は朝からソファに寝転んで、スマホを眺めていた。大好きな海外セレブのゴシップ記事、それも年齢の離れたカップルの紹介を夢中で読んでいる。知らない名前は飛ばして、好きな男優の記事を丹念に読む。ジョージ・クルーニーと弁護士のアマル、十七歳差。ジェイソン・ステイサムと、モデルのロージー・ハンティントン＝ホワイトリーは、二十歳差。マイケル・ファスベンダーとアリシア・ヴィキャンデル、十一歳差。十一歳は、たいした差ではない。マシュー・マコノヒーとカミラ・アルヴェス、十三歳差。マコノヒーはこんな地味な女が好きなのか、と驚く。

逆もある。ヒュー・ジャックマンの妻は、十三歳も年上だそうだ。やるじゃんか、と声に出す。ちなみに、アーロン・テイラー＝ジョンソンの妻は映画監督で、二十三歳も年上だ。女がはるか年上の例が極端に少ないのは、古今東西、男のほとんどが、女は若い方がいいと考えていることの証左か。クソめ。

ハリソン・フォードの妻は二十二歳年下。ブルース・ウィリスの妻は二十三歳年下。アレック・ボールドウィンの妻なんぞは、二十六歳も年下だ。こいつらは、何度目の結婚なのだろう。男が歳を取るとともに、再婚、再々婚する妻との年齢差は開いてゆく。彼らは、若い妻を満足させることができるのだろうか。アレック・ボールドウィンは六十代で子供を作ったというが、体外受精か。

そんなことを考えた時、経血がどろりと股間に溢《あふ》れた感触があった。生理二日目。下腹が重だるい。佐知子は忌々しい気分でソファから立ち上がり、トイレに向かった。

トイレの棚には、生理用品が山と積んである。佐知子は「重い日用」というパッケージから、ナプキンを一枚取った。小用を済ませてから、ナプキンを取り替える。ナプキンの商品名は、「メリルル」。夫、雅司《まさし》の勤めている会社、「ユネシックス」で作っている主力製品だ。

ユネシックスは主に日用品や衛生用品などを作っている大手メーカーだが、最近は生理用品や赤ん坊の紙おむつだけでなく、大人用紙おむつでも売り上げを伸ばしている。世の中が高齢化している証だ。常に世相を反映する会社として、ペットケア用品にも手を広げている。

だから、夫の両親の飼っているチワワは、いつもユネシックス社製のドッグフードを食べさせられている。自分が使う生理用品も然《しか》り。いずれ舅《しゅうと》や姑《しゅうとめ》がおむつを必要とした時も、常にユネシックスから供給されることになるのだから、その点は心配ない。

佐知子も以前は、ユネシックスに勤めていた。そこで雅司と知り合って結婚したのだ。佐知子の入社は、ユネシックスが「豊明化工」という古めかしい名から、ユネシックスと洒落た名前に変えて、ちょうど十周年の時だった。結婚は、すでに十年以上も前のことになる。ちなみに、佐知子は今、四十二歳である。

短大在学中に内定が出た時、祖母にどんな会社かと訊かれた。ユネシックスという生理用品を作る会社に就職すると告げたら、「それはアンネかい」と言われた。その昔、祖母が若かりし頃は、生理日を「アンネの日」と呼んでいたのだそうだ。

『アンネの日記』からインスパイアされて、生理ナプキンを「アンネ」と名付けたのは、若い女性社長だったのだとか。確かに、生理は当たり前の現象なのに、なぜか暗いイメージを与えられている。「アンネ」というネーミングは、イメージを変える画期的なアイデアだったのだ。「豊明化工」も同様で、ユネシックスと名を変えてから、社員が堂々と社名を名乗るようになったと聞いた。生理を知らないで、陰に追いやってきた男たちの本音が表れているようで、佐知子は呆れたものである。

佐知子は経理部で事務職についており、雅司は営業だった。同じ部署ではないので、社内でも滅多に顔を合わせることもなかったが、たまたま社食で目が合って、雅司が話しかけてきた。

「あのう、経理部の牧野《まきの》さんですか?」

牧野とは、佐知子の旧姓である。

「そうですけど」

そう答えた佐知子は、雅司を見てがっかりした。丸顔のずんぐりした体型。下がり目は人が好さそうだが、顔も体つきも服装も、まったく好みではなかった。雅司の持つトレイには、赤い福神漬けを大量に添えたカツカレー大盛りが載っている。高カロリー食のカツカレーを嫌悪している佐知子は、目を背けた。

「私は営業部の中野《なかの》といいます。僕のこと、知らないですよね?」

「はい、すみません」

見かけたことはあるかもしれないが、印象になかった。

「いや、いいです。あの、よかったら、ちょっと話してもいいですか」

雅司は佐知子を正視できないのか、佐知子の頭上を見ながら上ずった声で頼んだ。

「いいですけど、ここで、ですか？」

佐知子は定食の載ったトレイを持ったまま、昼時のざわつく社食を見回した。佐知子の落ち着き払った態度は、明らかに雅司があがっているのを見て取ったからであり、魅力的な自分が優位に立っていると思ったからだ。若い頃の佐知子は細身で手足が長く、切れ長のひと重瞼《えまぶた》が色っぽいと、よく言われたものだ。

「すみません、ここでもいいですか。なかなか牧野さんに会えないんで」

「わかりました。じゃ、ここで」

佐知子は手近なテーブルにトレイを置いた。雅司も同じくカレーの載ったトレイを置いて、佐知子の前に座った。その座り方は、佐知子よりも数秒早かった。

「何かご用ですか」

我ながら冷たい言いようだと思うが、昼食後、近所に用事があったから、気持ちが急《せ》いていた。

「はあ」と言ったきり、雅司はしばらく俯《うつむ》き、言葉が継げなかった。後で付き合うようになってから雅司に聞いたところ、断られるのが悔しくて言いだせなかったのだそうだ。怖いのではなく、悔しいと雅司が答えたことについて、佐知子はしばらく拘《こだわ》っていた。雅司は見かけと違って、きつい性格の男なのかもしれないと。

「あのう、よかったらなんですけど、今度、お食事でもと思いまして」

当然のことながら、佐知子は答えを保留した。

「少し考えさせてもらっていいですか」

「もちろんです。よかったら、連絡してください」

雅司は名刺をくれた。手書きで携帯番号が書かれていたが、佐知子は内線電話で断るつもりだった。あるいは、無視するか。

雅司は慌てて一礼すると、トレイを持って後方に移動してしまった。佐知子が呆れて振り返ると、少し離れた席に座った雅司は、佐知子に背を向けてカレーをかっ込んでいた。絶対に自分にはそぐわない男だ、と佐知子は思った。

それなのに雅司と結婚することになるとは、自分でも予想外の出来事だった。三十歳を直前にして焦っていたせいもあるが、どういうわけか、雅司の他に熱心に近付いてくる男もいなかったのだ。

もっとも、雅司は冴えない外見でありながらも、遣り手の営業マンで上司の評価も高いと知り、将来、幹部になるかもしれないという打算もあった。さらに決定的だったのは、雅司の実家が世田谷区内にある戸建てだということだった。佐知子は北関東の小都市出身で、都内の戸建てに住むことに憧れがあった。

しかも、雅司はこう口走ったのだ。『結婚したら、敷地内に家を建ててもらえるかもしれません』と。佐知子は、この言葉を信じて結婚を承知してしまった。「してしまった」というのは、もちろん今、この結婚を後悔しているからに他ならない。

佐知子は、社内の男性に人気があった。いや、社内に限らず、通勤途中でも、男たちの多くが感嘆、もしくは好色な視線を寄越したものである。それなのに、誰も声をかけてこなかったのはどうしてだろう。自分でも不思議だった。自分は手の届かない、高嶺の花だと思われたのだろうか。

自分を見ると喜色を露わにし、「いつも綺麗ですね」と褒《ほ》めたり、「今度飲みに行きましょうよ」と誘ったりした男たち。だが、どういうわけか、雅司のようにはっきりと付き合ってほしいと願い出る男はいなかった。

佐知子の方でも、付き合いたいと思う男が見当たらなかったせいもある。その諦観にも似た投げやりで高飛車な態度が、男たちに二の足を踏ませていたのだろうか。今さら詮無いことだが、こうして雅司と結婚した今、佐知子はそればかり考えているのだった。

実は、ただ一人だけ例外がいた。櫛谷祐太《くしたにゆうた》。櫛谷は雅司の一年後輩で、資材部に所属していた。色黒ですらりと背が高く、姿勢がいいので、どこか違う国の人のようだった。なのに、顔は佐知子と同じく切れ長の目をしており、涼やかないい面持ちをしていた。

櫛谷さんはイケメンだ、と女性社員の間では人気があった。本人は騒がれていることなど気付かない様子で、いつも違う風に吹かれているような、心ここにあらずといった顔をしている。それがまた、櫛谷さんは何を考えているのかわからない、と女性社員は苛立《いらだ》ち、どんな女が好みなのか、何の趣味があるのか、と好奇心を募らせるのだった。

雅司との結婚を決めた頃、佐知子がエレベーターで階下に降りようとしている時に、資材部のある八階から櫛谷が乗ってきたことがある。櫛谷は、シャツの袖をまくり上げ、ファイルのようなものを持っていた。櫛谷は佐知子が黙礼すると、話しかけてきた。

「僕、今度マレーシアに行くことになったんです」

マレーシアに新しく工場を創設することが決まっていた。資材部の櫛谷は、その準備で行くのだろう。しかし、社内で見かけるだけで、一度も話したことのない櫛谷に突然話しかけられた佐知子は戸惑った。

「そうですか。どのくらい行かれるんですか?」

佐知子の質問に、櫛谷は軽く首を傾げた。

「最低でも三年ですかね」

「そんなに長くですか」寂しいですね、という語を胸の中に閉じ込めながら、佐知子は訊ねた。「で、いつ発《た》たれるんですか?」

「来月かその先か。だから」

櫛谷はそこで言葉を切って、佐知子の顔を見た。目が合ったが、櫛谷は迷ったように俯いてしまった。

「じゃ、お気を付けて」

経理部のある二階に着いたので、佐知子は先に降りた。櫛谷が丁寧に頭を下げているのを、背中で感じた。二カ月後、櫛谷は本当にマレーシアに行ってしまい、そのまま四年間帰らなかった。帰国して本社に一年いた後、またロンドンに赴任したことは、雅司から聞いた。

以来、櫛谷の視線と、「だから」の先が気になって仕方がなかった。あの時、櫛谷はマレーシアに行ってしまうから、自分に雅司と結婚するのは待っててくれ、と言おうとしたのではないか。それとも、自分と結婚してマレーシアに行かないか、と言いたかったのではないだろうか。

そんな妄想が湧き上がったが、その度《たび》に、まさかまさかと打ち消した。だが、妄想は何度でも湧いて出てきりがなく、消すのもひと苦労だった。しかし、その妄想は、佐知子の中に、密やかな甘いものとして残った。その甘さは、絶対に雅司が残せないものだった。

佐知子がトイレの水を流して居間に戻ると、キャンキャンと甲高い犬の鳴き声が微かに聞こえた。階下に住む雅司の両親の部屋からだ。雅司の両親の飼うチワワは耳敏《みみざと》く、佐知子がトイレの水を流すと、こうして反応する。

今頃、姑が階上を見上げて、佐知子は何をしているのかと想像していることだろう。それを思うと、監視されているような嫌な気分になるのだった。

チワワの耳は極めてよくて、水洗の音ならず、電話は当たり前のこと、静かな時はＬＩＮＥの着信音まで聞き分けて騒ぐ。

「ああ、うざい」

佐知子は思わず叫んで、テレビのリモコンを手にした。点けてみたが、各局ワイドショーだらけなので、すぐに消した。配信にして、すでに何度も見た韓国ドラマを流す。ソファに横になり、目を閉じた。画面は見ずに知らない言語が流れてくるのを、ただ聴いている。そうすると、少し気が鎮まってくるのだった。

そのままうとうとしていると、インターホンが鳴った。無視しようと決めていると、コツコツとドアをノックする音がした。飛び起きてインターホンのモニターを覗《のぞ》く。案の定、姑の嘉子《よしこ》が何かを手にして立っていた。チワワが吠えたことから、佐知子が家にいると知ったのだろう。

「こんにちは」

ドアを開けて、嘉子に挨拶《あいさつ》する。嘉子は痩《や》せぎすの七十代。実家の母親の年齢と一緒だと聞いたから、七十一歳になったはずだ。もっとも雅司の家は各々の誕生祝いをしないので、正確な年齢がわからない。

雅司はあんなに肉厚なのに、嘉子は歳を取れば取るほど痩せてゆくタイプらしい。骨と筋だけになった手が、白い皿に盛った青い葡萄《ぶどう》を差し出した。

「シャインマスカットが安かったから。あなたたち、好きでしょう」

「あら、どうもすみません」

大粒の葡萄がぎっしりと実を付けている。持ち重りのする皿を受け取りながら、早くも階下に皿を返しにいくことを思って憂鬱《ゆううつ》になっている。以前、手作りのクッキーを持っていったことがあるが、食べた様子がなかった。以来、何か下に持っていくたびに、生ゴミをつい覗いてしまう。二世帯住宅は、そういう気苦労がある。

「佐知子さん、今日はお仕事、お休みなの？」

嘉子が、玄関に出ている佐知子の黒いフラットシューズを見ながら訊く。佐知子は週に四日ほど、駅前の銀行でフロア係のバイトをしている。他に、月に二日、お菓子作り教室に通う。お菓子作りが佐知子の唯一の趣味だが、雅司は糖尿病予備群で、子供もいないから喜んで食べる者もおらず、張り合いのないこと甚《はなは》だしい。

「生理痛でお休みです。私、結構重い方なんで」

隠さずに言うと、嘉子が頷いた。

「それは大変ね。お大事に」

「ありがとうございます」

嘉子が何か言いたそうに口をもごもご動かしているので、佐知子は身構えた。

「あの、余計なことだと思うんだけど」

「はい？」

「あなたたち、不妊治療とかしてる？」

「いえ」と首を振る。

治療する前に、レスを何とかしろよ、と獰猛《どうもう》な気分になるのを必死に抑えた。雅司と佐知子がセックスレスになってから、五年以上経っている。だから、子供なんかできるわけがないのだった。

「そう、余計なこと言っちゃったわね。雅司には言わないでね。私ね、孫の顔が見たいなんて、ありきたりなこと言う婆さんになるとは、思ってもいなかったの。だけど、ちょっと心配なのよ。最近、雅司の帰り、遅いでしょう」

嘉子が恥ずかしそうに言い訳する。

「はい、ご心配かけてすみません」

「いや、あなたのお母様も何か仰《おつしや》らない？　気にしてらっしゃるでしょう？」

嘉子がずんずんと土足で踏み込んでくる。佐知子は首を振った。

「いえ、母は私たちに任せてるので」

「そうよね、余計なこと言ってごめんなさいね」

「いえ、いいんです」

「これ、知り合いから貰ったので、もしよかったら見てみて」

シャインマスカットの皿の下から、薄ピンクのパンフレットのようなものを渡される。

「あら、すみません」

一応、ドアを閉めるまで、微笑《ほほえ》むことができた。手の中にあるパンフを見ると、不妊治療に関する資料だった。嘉子はこのことを言いたくて、機会を窺っていたのだろう。一緒に手渡されたシャインマスカットまでが、不快なものの象徴のように思えてくる。

佐知子はシャインマスカットの房を手で乱暴に摑んで、自分の家の皿に移し替えた。丸く張り切った葡萄の粒は盛りを感じさせて、何だか動物めいている。佐知子は嘉子の白い皿をシンクに置いた。割ってやろうかと思ったが、その勇気はない。

七十五歳になる舅は無口で、佐知子と話すことなどほとんどない。反対に姑は話好きで、とかく佐知子と喋りたがる。結婚するまで、暢気《のんき》な一人暮らしをしていたので、近くに他人がいて始終干渉してくる暮らしは耐え難かった。ゴミ出しから掃除、自転車の止め方まで、咎《とが》められることはなくても、一挙手一投足を見られている息苦しさはストレス以外のなにものでもない。

雅司は、敷地内に家を建ててもらえると言ったが、実際に実家に行ってみると、建坪は三十坪程度しかなく、それは到底無理な話だった。しかも、世田谷区でも駅から遠く、バスを使うしかない不便な土地だった。その時点で、雅司との結婚をやめればよかったのかもしれないが、他に結婚する相手もいないことから、ずるずるときてしまった。

結局、両親と雅司は折半で二世帯住宅を建て、二階部分が雅司と佐知子の住まいになった。佐知子はそれならマンションでも購入した方がよかった、と後悔した。家のローンは、郊外の新築2LDKマンションを買うのと同じくらいの値段なのだから。

三十坪程度の家の二階スペースは広くない。リビングと寝室を広く取れば、それでおしまいだ。下に住む両親も、狭さを感じていることだろう。舅も姑も病気ひとつせずに元気で暮らしているから、あと二十年はこんな暮らしが続くに違いない。万が一、佐知子が妊娠して子供が生まれたら、こんな手狭な場所にはいられなかっただろうに、幸いなことに、子供が生まれる可能性はひとつもない。

雅司とセックスレスになったのは、何が原因だったのだろう。いろいろ考えられるが、これといった理由は見つからなかった。だったら、いつでも元に戻れそうなものだが、雅司はもともとセックスには淡泊で臆病、結婚当初から、佐知子に積極的に触れようとはしなかった。では、佐知子が誘えばいいのかと言われれば、佐知子だとて、雅司が相手では積極的にはなれない。ある夜、佐知子は横で眠る雅司の顔を見て、福神漬けを添えたカツカレー大盛りを連想した。あの社食での直感は正しかったのだ。雅司は、自分にそぐわない。自分が結婚すべき相手ではなかった。

その嫌悪が伝わったのか、雅司はまったく佐知子に触れようとしなくなった。どころか、最近は、必ず酔って夜中に帰ってくる。酔わない日も、漫喫やゲーセンなどで時間を潰しているらしく、十二時過ぎに帰ってきて、寝るだけである。会話もほとんどなくなり、業務連絡的なものばかりだ。

佐知子は、自分がこの二世帯住宅に封じ込められているような気がしてならない。では、どうしたらいいのか。

四十二歳になった今、子供を産むにはすでに遅いかもしれないのだから、孫を欲しがる嘉子が焦る理由もわからないでもない。しかし、一番焦っているのは、自分なのだった。子もなく、これといった仕事もなく、夫とは仲が悪い。何とも中途半端な自分は、この先、どうしたらいいのだろう。最近は、「離婚」の二文字が、常に頭を過《よ》ぎる。そして、この誰にも寄り添えない寂しい心持ちは、誰にもわからないだろうと思うと、自分が可哀相で涙が出そうになるのだった。

その夜、雅司は比較的早く帰ってきた。昨年、営業課長になった雅司は、接待の飲酒が過ぎて、ますます太った。糖尿病予備群との診断がくだり、佐知子の作るスイーツは一切、口にしない。どころか、佐知子のせいでこうなった、と言われたことさえあった。

嘉子が持ってきたシャインマスカットも糖度が高いゆえに、食べないはずなのに、冷蔵庫を覗いた雅司は、ドアを開けたままマスカットを摘まんで食べている。

「出して食べてよ。行儀悪い」

雅司は無言で、冷蔵庫のドアを音を立てて閉めた。

「このマスカット、お母さんが持ってきたのよ。それで不妊治療しないのかって聞かれた」

「不妊治療?」雅司は鼻で嗤《わら》った。

社食で佐知子に交際を申し込んだ時、あがって目線を合わすことができなかった男は、もうどこにもいない。営業で鍛えられて、不貞不貞《ふてぶて》しい表情をした肉厚の男に変わっている。雅司は、冷蔵庫からストロングゼロを出して、プルトップを倒した。

「それで、これ持っててらしたのよ。見て」

佐知子は、不妊治療のパンフを雅司の目の前に置いた。ストロングゼロに口を付けた雅司は、ちらりと横目で見た。

「高いんだろ、こういうの」

「私たちには関係ないよね」

佐知子は厭味《いやみ》っぽく言った。雅司とセックスなんかしたくないが、まったく誘おうとしない雅司には、結構、腹を立てている。だから、ますます嫌う。互いがどんどん離れていく悪循環だ。こんな複雑な気持ちを、雅司は絶対に知り得ないだろう。

「だよな」

雅司は口の中で曖昧《あいまい》に言い、ダイニングテーブルの椅子を引いて腰掛けた。これから夜っぴて飲むつもりだろう。佐知子は寝室に引き揚げようと踵《きびす》を返した。

「そういやさ。あいつ帰ってきたよ」

雅司が、夕刊を広げながら言った。会社のことになど関心のない佐知子は、聞き流した。雅司がなおも言う。

「ほら、覚えてないか？　櫛谷。あいつロンドンから大阪支社に行かされて、やっと本社に戻ってきたんだよ」

「へえ」櫛谷と聞いて、エレベーターでの出来事が蘇った。「櫛谷さん、覚えてる。今、どうしてるの？」

「営業本部長だとさ」

後輩にも拘《かか》わらず、雅司の上司になったということか。雅司は面白くなさそうに続けた。

「あいつ、俺がおまえと結婚する時に何て言ったと思う?」

「何て?」

「残念だって、言ったんだよ」

残念だって? 私も残念だ。とっても残念だ。佐知子は懸命に動揺を隠して訊いた。

「へえ、知らなかった」

「どうせ、冗談だよ」と、雅司は根っから信用していない。

「で、櫛谷さんは結婚したの?」

「マレーシアで知り合った日本人の女と結婚したんだけど、それが酷《ひど》い女らしい。家事がまったくできないんだとさ。だから、櫛谷は苦労してるらしいよ。あっちにいる女なんて、何してるんだか、ろくなもんじゃないよ」

「へえ、そうなの。私、もう寝るから、そこ片付けておいてよ」

佐知子はまったく関心のないふりをして、寝室に入った。

ベッドに潜り込んで照明を消す。掛け布団を頭まですっぽり被って、櫛谷のことだけを考えた。私が雅司と結婚することになって、私を好きな櫛谷は、心から残念だと思ったに違いない。だから、エレベーターでは、雅司との結婚なんかやめて、マレーシアに一緒に行ってほしい、と言うつもりだったのだ。それなのに、私が先に降りたから機を逸したのだ。可哀相なことをした。私だって、あのまま一階に用事があるふりをして、一緒に降りるべきだったのに、どうして気が利かなかったのだろう。馬鹿だった。

櫛谷が今、不幸な家庭生活を送っているのは、自分と結ばれなかったせいに違いない。私も雅司なんかと結婚して、人生を無駄にしてしまった。櫛谷も、同じ後悔をしているのではないだろうか。

そう思いが至った時、何とかやり直す手立てはないものか、佐知子は考えた。自分も櫛谷も離婚して、新たな人生を歩むのだ。今度はきっとうまくいくはずだ。高揚した佐知子は、明日、会社に電話してみようと、高鳴る胸を両手で押さえた。それより、今夜は眠れるかどうかわからない。どろりと、また経血が流れ出る感触があった。

オールド
ボーイズ

　あいにく肌寒い曇り空だったが、マンションの隣にある都立高校のソメイヨシノは満開だった。四階の広沢亜美《ひろさわあみ》の部屋からは、黒い幹に引き立てられたピンクの花とちらちら舞う花びらを、眺めることができた。

　今日は花見と洒落《しやれ》ようか。亜美は冷蔵庫から白ワインのボトルを出して、テーブルの上に置いた。昨日開けた白ワインは、飲みきれずに半分以上残っている。

　食洗機からグラスを取り出して、ワインを注いだ。グラスはデュラレックス製で、風情《ふぜい》はないが割れないから重宝している。

　亜美は、iPhoneで、カティア・ブニアティシヴィリのラフマニノフのピアノコンチェルトを聴きながら、風味の落ちたワインに口を付けた。

休日の午後、早い時間からアルコールを飲んでいるのが、たまらなく楽しい。腹が空けばパンでも齧《かじ》ればいいし、酔えばさっさと寝てしまえばいい。これも独り身の気楽さというものだろう。

四十九歳の主婦は、まだ家族や家事に煩《わずら》わされているのだろうか。それとも、子供は手を離れて、夫も勝手に動き、一人でのんびり過ごせるのか。しかし、そうは言っても、係累のない自分ほど、自由ではあるまい。

同い年の主婦がどんな暮らしをしているのか、想像もできないのは、現在親しくしている友人たちが皆、独り身で仕事をしている者ばかりだからだ。既婚の友達と、いつしか疎遠になってしまったのは、自分がなりふり構わず仕事に没頭して、他を顧みなかったせいかもしれない。

主婦の友人とは、悩みの質が違うと感じた時点で互いに離れていった。そのことを寂しいとも残念とも思わないのは、今の自分に満足しているからに違いない。誰の助けも借りずに一人で努力してきた自分が、健気で愛おしく感じられる。亜美はつくづく独りで飲むワインが旨《うま》いと思うのだった。

亜美はグラスにもう一杯ワインを注いで、ゆっくりと窓外に目を遣《や》った。桜の花があえかで美しい絨毯《じゅうたん》のように、眼前に広がっている。

だが、花の赤い芯だけをよく見ると、その芯がぷつぷつと小さな粒となって、無数に集まって見えた。途端に、ざわっと寒気がした。亜美は軽い集合体恐怖症がある。葉裏に並んだ虫卵は見るだけで鳥肌が立ったが、桜の花の芯で感じたことなど一度もなかっただけに、美しいものが醜《みにく》く見え始める変化の予兆ではないか。そんなことを思って、亜美は桜から目を背けた。

当初の幸福感を呼び戻したいと、亜美は再びワインを口に運んだ。今度は、ごついグラスが歯に当たった。

『こんなグラスでワインを飲みたくないよ。ワインが可哀相じゃないか』という声音が突然耳許で蘇《よみがえ》り、隆哉《たかや》を思い出した。

隆哉は、あらゆることに手を抜かない男だった。食洗機の中のグラスや皿類は決して放置せずに、洗い終わるとすぐに食器棚に仕舞《しま》った。ドラム式洗濯機は使い終われば、必ず糸くず取りをかける。そして、オーディオセットがあるのに、iPhoneで音楽を聴くような、ずぼらな真似もしない。

ワインを飲む時は、薄いリーデルのグラスでなければならず、それもワインの種類によって変える必要がある、とうるさかった。赤と白は言わずもがなで、白ワインの品種によっても、グラスは変えなければならない、と蘊蓄《うんちく》を語った。

リーデルは割れると困るから食洗機に入れられない、と亜美が文句を言うと、隆哉は呆れた顔をして自身で手洗いした。

隆哉はリーデルのグラスをワインの種類に合わせて揃え、大切にしていた。そのグラス類は今、食器棚の奥に仕舞い込まれたままだ。当時の隆哉が、今の亜美の暮らしぶりを見たら、舌打ちしたに違いない。あくまでも当時の、だが。

隆哉は亜美の夫だった。過去形なのは、単身赴任中のヨハネスブルグで、事故死したからである。十二年前、東日本大震災の前年の出来事だった。

隆哉は土曜の休日、サントンにある日本食レストランから郊外の自宅に帰る途中、赤信号で交差点に突っ込んで、大型トラックと衝突した。

隆哉の運転するSUV車は素っ飛んで、信号機に当たって大破。トラックの方も横転したが、運転手にたいした怪我がなかったのは不幸中の幸いだった。

原因は隆哉の飲酒運転で、それも泥酔状態だったと聞いた。レストランの店員は、隆哉が店に来た時から酩酊《めいてい》していた、と証言したから、自宅でしこたま飲んでから、運転して出かけた挙げ句の事故だろうと言われた。

隆哉を知る人は皆、飲酒運転など信じられない、ヨハネスブルグのことだから何かの犯罪に巻き込まれたのではないか、と口々に言った。だが、調べてみると、単に隆哉の運転ミスであって、不審なことは何もなかった。

亜美も最初は、隆哉が泥酔して運転することなど考えられないと思っていた。亜美の知る隆哉は、慎重で用心深く、潔癖な男だったし、ワイングラスに表されるように、徹底的な完璧主義のもとに生きていた。

しかし、後片付けのために、ヨハネスブルグの高層マンションにある隆哉の住まいに行った時、亜美はそこはかとなく漂う隆哉の精神の荒廃に気が付いた。

部屋はがらんとしていた。ベッドやテーブルといった最低限の備え付け家具しかなく、ホテルルームよりも空疎に見えた。

キッチンに入ると、夥《おびただ》しい数のウィスキーやジン、ウォッカの空瓶が綺麗に床に並べてあった。その数は百本以上。ワインの瓶などなく、すべてハードリカーだった。

規則正しいのは、空の酒瓶の配列だけで、部屋の中は強盗でも入ったかと思うほど、乱雑を極めていた。服は脱ぎっ放しで、洗面所は水垢だらけ。歯磨きチューブの蓋《ふた》は棚に転がり、タオルは何日も取り替えていなかった。パジャマもバスタオルも床に落ちていた。冷蔵庫には、賞味期限が切れた食品がたくさん入っていた。

隆哉は、日本から本もCDも大量に持ち込んだはずだった。が、赴任して二年も経つのに、その荷は一切開けられていなかった。大好きだったリーデルのグラスなど一個もなく、亜美が使っているのと同じ、デュラレックス製の頑丈なグラスが洗われずに、キッチンシンクに何個も重なっていた。

隆哉は自身の手で、自分のいる環境を整えないと、不安になる質《たち》だった。だから、家ではこまめに動いて手を動かしていた。それなのに、何もかもが整わないどころか、乱雑で散らかった部屋で暮らしていたのはどうしてだろう。隆哉の何かが壊れたのだろうか。

事故の報を聞いた時、亜美の母親は開口一番、『亜美が、隆哉さんと一緒にヨハネスブルグに行けば、こんなことは起きなかったのに』と口走った。そのひと言は、亜美の心を傷付けた。だから、今でも実母とは折り合いが悪い。

ヨハネスブルグは治安が悪いから絶対に来てほしくない、と強く反対したのは隆哉本人だった。たった三年程度で終わるプロジェクトなのだから、来る必要はまったくない、と何度も強く言った。

隆哉はそんな理由で、亜美が同行することに反対していたが、隆哉にとって自分はどうしても整わない環境のひとつだったからではないか、と亜美は思っていた。

亜美が散らかすから、亜美がだらしないから、亜美が自分勝手だから、と何度、隆哉の口から聞いたことだろう。隆哉は一人で静かに暮らしたかったのだ。

もし、隆哉が自分好みに環境を整える前に孤独に負けたのだとしたら、亜美がそばにいるという前提で、改めて排除する理不尽に、隆哉は気付いていただろうか。

亜美の方も、結婚してからというもの、隆哉とは心の芯が合わないと感じることが多々あった。グラスのことだけではなく、隆哉の偏執的と思えるほどの完璧主義が苦手だし、重荷に感じてもいた。

だから、誰にも言ったことはないが、ヨハネスブルグに隆哉が一人で行く、と言った時に、内心ほっとしたのは事実だ。亜美は東京に残って、英語の勉強をしたかった。

現に今、その時の努力が実って、ネイティブに混じって英会話学校の講師を勤めているし、傍ら翻訳の仕事もしている。我ながら、充実した日々を送っていると思っている。

しかし、今充実していると思えば思うほど、隆哉の孤独の正体は何だったのだろう、と時折考えるのだった。

亜美はワインを飲みながら、飾り棚の上段を見上げた。以前はそこに、新婚旅行で撮った二人の写真が飾ってあった。

ローマのレストランで、店の人に撮ってもらった記念すべき写真だ。亜美は白いフリルのブラウスを着て幸せそうに微笑み、隆哉は黒いラコステのポロシャツ姿。生真面目な顔でワイングラスを掲げているが、その目は和《なご》んでいる。

しかし、今は隆哉一人が笑っているスナップ写真を飾っていた。同僚が撮ってくれた写真は、ゴルフ大会で隆哉が優勝した時のものだ。隆哉は陽に灼《や》けた顔に満面の笑みを浮かべている。たいしてうまくないゴルフで思いがけない優勝をしたので、嬉しかったのだという。屈託のない表情をしているので、亜美も好きな写真だった。

新婚旅行の写真を取り下げた理由は何なのか、自分でもよくわかっていない。多分、もう充分な気がしたのだ。悲しむのも、悔いるのも、怒るのも、感謝するのも、もう充分ではないか。自分は一人で生きてゆくつもりなのだから、死んだ隆哉も一人で笑っていた方がいい、と。

だが、ある日、一人で写る死者の写真は「遺影」だと気が付いた。亜美は、隆哉を「遺影」にしたかったのだ。

亜美と隆哉は、旧財閥系の商社、S物産で出会った。大阪支社から転勤してきた隆哉は、二十九歳の亜美の二歳上。互いに、わけもなく焦っていた時期だったのかもしれない。結婚を決めるのは早かったから、相手を知るには不十分だった。

結婚してすぐ、隆哉が夫婦で同じ会社にいたくないと言うので、亜美は退職して子会社に勤めることになった。その時、自分が譲る必要があるだろうか、と残念に思ったものである。その残念な気持ちは、小さな恨みにならなかったか。

二人は六年間、東京で一緒に暮らした。その後の二年は、隆哉がヨハネスブルグで単身赴任。そして、隆哉が不幸な事故で亡くなってから十二年。つまり、亜美が寡婦《かふ》となって十二年という年月が経った。二人が一緒に過ごした時間よりも、二倍の時間が経ったというのが、もう充分と思う理由かもしれない。ちなみに、努力はしたが、とうとう子供はできなかった。

「今年は隆哉の十三回忌でしょう。亜美さん、どうなさる?」

隆哉の母親が心配そうに亜美に電話してきたのは、一週間ほど前のことだ。隆哉の父親は認知症のために三年前に施設に入った。母親は施設にほど近い小田原で、一人で暮らしている。二人とも、八十歳を越えた。

「そうですね、今年で十二年になりますね」

ヨハネスブルグで隆哉が亡くなったのは、十二年前の七月だ。南半球のヨハネスブルグは七月が真冬ということだったが、よく晴れて乾燥し、まるで日本の十月か十一月のような冷涼な気候だったことを思い出す。

「月日が経つのは早いわね」と、母親は溜息を吐いた。「あっという間に十三回忌なんだもの」

「本当ですね」同意した後、亜美は母親に問われる前にはっきり言った。「お義母《かあ》様、申し訳ありませんが、今回は私だけで法要をしようと思うんです」

案の定、母親は残念そうだった。

「そう、あなたのところに、久しぶりに行こうかなと思ってたんだけど」

「すみません、仕事があるので、日にちはなかなか決められないんです」

「そうよね。あなたも、あなたの人生があるものね。まだ若いんだし、再婚でもなさるのかしら」

さばけた口調ながら、遠回しに近況を訊ねられた。

「若くはないし、そんな予定はありません」

「すみませんね、まだ籍も抜かないで頂いて」

籍は抜いた方がいいものなのか。まだ隆哉の妻でいたいから抜かないのではなく、ただ面倒だから抜かないだけで、亜美にとってはどうでもよいことだった。

亜美は首を傾げたまま、飾り棚の写真を見た。本当に自分はこの男と夫婦だったのだろうか、と信じられない思いもある。亡くなったのは十二年前だが、その二年前のヨハネスブルグに隆哉が発《た》つ時に、本当の別れがあったような気がするのだ。

「じゃ、法要の方は、しっかりお願いしますね。私もお墓参りに行きますから」

「はい」

隆哉の母親には、法要をすると言ったものの、亜美は何も特別なことをする気はなかった。線香も上げず、写真に向かって語りかける程度である。そのことを隆哉の母親が知ったら、薄情だと思うだろうか。しかし、もういいのだ、これ以上、死者に遠慮する必要はない。

「ところで、あなたのところには、S物産のOB会から会報が届いている？」

切ろうとすると、突然、母親が話を変えた。

「はい、届いています」

「そう」

母親はゆっくりとした物言いの人だが、さらに言うのを躊躇《ためら》っているようで、ぐずぐずしているので、亜美は少し焦《じ》れた。

「それが何か？」

「あなた、読んでいないのね？」

「はい、何でしょう」

OB会の会報は春と秋、年に二回届く。だが、何の興味もない亜美は、開いて見ることもない。春季号は一週間ほど前に届いて、そのまま棄《す》てる予定の新聞や雑誌などの山に積んであった。

「訃報のところに、下条《しもじょう》さんの奥さんが亡くなられたってあったのよ。まだお若いんでしょうに、お気の毒だと思って」

隆哉の父親もS物産の社員だったから、会報が届いているはずだ。

「あの下条さんの奥様、ですか？」

「ええ、そうなの。間違いないわ」

下条とは、当時の隆哉の上司で、事故の報を聞いて、一緒にヨハネスブルグまで行ってくれた人だった。ヨハネスブルグには、隆哉の両親と亜美の父親、そして上司の下条と総務部から数人の社員が同行したのだ。

その時、下条は『広沢君が亡くなったのは、赴任を命じた私のせいです。申し訳ありません』と、亜美と隆哉の両親の前で土下座して謝り、男泣きに泣いた。亜美は内心、芝居がかっていると辟易したのだが、隆哉の両親は感激して、下条と手を取り合って泣いていた。

その下条の妻が亡くなったとは、まったく知らなかった。下条は当時五十歳くらいだったから、定年退職して数年経った頃だろうか。

「OB会報には、退職した人の奥さんのご不幸まで載っているんですね」

「そうなのよ。私は知り合いが多いから、いつも訃報欄から見るの。そしてね、誰それが亡くなった、と主人に伝えるのよ。すると、主人も若い頃のことは覚えているらしくて、はらはらと涙を流したりするのよね。下条さんのことも、思い出したみたいよ」

　確かに、ＯＢやＯＧの親睦のための会報なのだから、互いの不幸や慶事は知りたいことだろう。

「そうでしたか。後で見てみます」

「奥様のことは、今来ている号に出ていたの。亡くなられたのは、去年らしいわ。下条さん、まだやもめになるには早いから、お気の毒なことよね。何かしようかしらと思ったけど、もう去年のことだし、お節介かしらと思って」

「そうですね。お気持ちだけでいいのではないでしょうか」

「あなたはさばさばしてるから、そう仰《おっしゃ》るけど、あんなにお世話になったのに、このままでいいのかしら」

「そう思われるのでしたら、お手紙でも差し上げたらどうでしょう？」

「でも、住所も知らないしね」

　結局、言うだけで何もしないのだろう。

「なら、お気持ちだけで充分ですよ」

　隆哉が亡くなった時も、そうだったではないか。香典を頂けばお返しを考え、手紙がくれば返事を書く。故人を偲《しの》んでくれるのは有難いが、遺族には片付けねばならないことが山ほどあり、それなりに面倒も多々ある。隆哉の死は突然で、しかも悲劇的だったから、手紙やメールの返答に忙殺されたものだ。

「そうね。わかったわ。じゃあ、亜美さん、お元気でね」

母親はぐずぐずと電話を切らない。

「はい、お義母様もどうぞお元気で。お義父《とう》様、どうぞお大事になさってください。では、失礼します」

亜美は言うだけのことは言って、さっさと電話を切った。冷たい女だと思われたかもしれない。そもそも亜美がヨハネスブルグについて行かなかったことを、義母は内心で気に入っていない。

亜美の母親同様、亜美がそばにいさえすれば、飲酒運転など絶対に避けられたはずだと思っているのだ。だから、隆哉の死は亜美の怠慢、いや冷酷の結果だと信じている。

この電話を思い出した亜美は、ゴミ箱の横に積んである、新聞や雑誌の山を見た。

S物産OB会の会報は、上の方にあった。冠雪した富士山を背景にピンクの桜、というありきたりの写真が表紙になっていた。

ぱらぱらめくると、訃報の欄があった。定年退職者のための会報だから、訃報欄の記載は結構多い。その中に、件《くだん》の記事があった。

「下条美代子《みよこ》　二〇二一年十月三十日死去（本社・金属資源本部　下条康則《やすのり》氏の妻）享年六十七歳」

死因は書いていないが、妻が下条よりも四、五歳年上だったことがわかる。死亡記事とは、露《あら》わになることが多いものだ、とつくづく思う。

二十年前に隆哉と結婚した時、隆哉の父親は、退職したら夫婦で海外旅行をしたり、楽しく暮らしたいと言っていた。下条も同じ思いだったに違いないから、さぞや気落ちしていることだろう。

亜美はテーブルに戻って、グラスに残っていたワインを飲み干した。最後の一杯は、オリも混じっていてまずかった。

窓外の桜を見ると、ピンクの花びらよりも赤い芯だけが目に入る。美しい桜が急にグロテスクに見えるように、何かが反転することもあるのだろうと、亜美は思った。

葉桜の季節が終わったと思ったら、梅雨が過ぎ、暑い夏がきた。

七月十八日の隆哉の命日には、戸棚からリーデルのグラスを引っ張り出してきて、とっておきの白ワインを注ぎ、遺影の前に置いた。それだけで、亜美なりの十三回忌の法要を終えた。

シャルドネには、口のすぼまった方か、広い方か。どちらのグラスが適しているのか、亜美はまったく覚えていなかったから、適当に選んだ。一緒に暮らしていた頃の隆哉が見たら、何と言っただろうと思ったが、その想像さえも懐かしいほど、隆哉は遠くなってゆく。それだけ年月が経ったということだ。十三回忌という節目が終われば、毎年の命日には、写真に向かって手を合わせるくらいしかしなくなるだろうし、いずれ命日すら忘れてしまうのかもしれない。

両親が死んで、一人娘の自分が死んだら、自分の命日だって覚えている人はいなくなる。だから、どうということはない。この覚悟は、付け焼き刃ではなかった。これも、亜美が英語の勉強とともに、いつの間にか身に付けたものだった。

九月に入ったある日、電話が鳴った。ほとんどの人は用事があれば携帯にかけてくる。家にかかってくる電話は、セールスくらいしかない。

ちょうど風呂上がりで、テレビを見ながら洗った髪をドライヤーで乾かしていた亜美は、切り替わった留守電を聞くともなく聞いた。

ドライヤーの音とともに一瞬、「S物産のOB」と聞こえたような気がしたので、義父に何かあったのかと思い、亜美は電話に出ることにした。

「もしもし、広沢でございます」

相手は、はきはきした物言いの初老の男だった。

「あ、どうもご無沙汰しております。私、下条と申す者です。以前、広沢さんが南アフリカでお亡くなりになった時に」

下条が最後まで言わないうちに、亜美は慌てて遮《さえぎ》った。

「その節は大変お世話になりまして、ありがとうございました。それから、奥様がお亡くなりになったことを会報で拝見しまして、心を痛めておりました」

「あ、ご存じでいらっしゃいましたか」

下条がしんみりした口調で言う。

「はい、広沢の母から聞きまして。大変、ご愁傷様でございました」

「恐れ入ります。私が言うのも何ですが、とてもいいヤツでしたから、寂しくて仕方がありません」

「お察しします」

死因を聞いたものかどうか、亜美は迷った。そこまで親しくはないからと躊躇《ちゅうちょ》していると、下条が言った。

「今日お電話したのはですね、十月にＯＢ会があるものですから、よろしかったら広沢さんもご出席されないかなと思って、です。私、実はＯＢ会の世話役を申しつかりましたので、お誘いしようと思いまして」

「申し訳ありませんが、私は失礼いたします」

「そうですよね」断られるのは予想していたというような口調だった。「では、恐れ入りますが、亡くなった妻について、私の書いたものをお送りしてもよろしいでしょうか？」

「もちろんです。お書きになられたんですか？」

「はい。拙《つたな》いものでお恥ずかしいのですが、妻との思い出や、海外に赴任した時の夫婦の苦労話とか、そんなものを纏《まと》めて本にしたんです」

「そうですか、それはおめでとうございます」

「図々しくてすみません。失礼かと思いましたが、悲しい思いをされた広沢さんならわかってくださるかと思いまして」

また、しんみりした口調になる。

「はい、是非とも拝読させて頂きたいです」

「ありがとうございます。では、失礼いたします」電話は切れた。

なるほど、下条は妻との思い出を文章に書いたので、亜美をOB会に誘って渡そうと思ったのだろう。しかし、OB会に行けば、嫌でも隆哉の話をすることになるし、亜美も勤めていたのだから、当時の上司もいるかもしれない。過去のことなど振り返りたくもない亜美は、OB会の誘いを断ってよかったと思った。

数日後、下条から郵便物が届いた。綺麗な紫色の装丁《そうてい》の単行本が入っている。『ジャカランダの花咲く頃、きみは』というタイトルだった。

もっと薄い小冊子程度のものを想像していた亜美は、立派な単行本の佇《たたず》まいに驚いた。ぱらぱらとめくると、妻と知り合った頃の逸話から始まって、夫婦の些《さ》細《さい》な諍《いさか》い、仲直りをして今後はいっさい喧嘩をしないと誓い合う話、子供たちのこと、そして海外赴任での苦労話など盛りだくさんな内容で、筆致も素直でなかなか読ませる文章だった。

タイトルの経緯も最後に書いてあった。下条が家族とともにシドニーに駐在していた時、十月に開花する紫色のジャカランダの花を妻が好きで、この花の下で死にたい、と冗談を言っていたことを、妻の死の際に思い出す。あいにく東京にいるから、ジャカランダの花の下は望むべくもないが、現地ではちょうど花盛りの時期だから、死期を予感したのだろうか、それを妻は知っていただろうか、という内容だった。

亜美は、こういう形で自身を慰《なぐさ》める人もいるのかと思い、自分にはまったくなかった発想だと、隆哉の遺影を眺めた。そして、隆哉が死んだ時、自分はこんな思い遣りや感慨も持てないほど冷たかった、と思い出した。

亜美は、死んだ隆哉に対して、あなたは最期まで自分勝手だった、と怒っていた。母が言った「亜美が一緒に行けば、隆哉は事故を起こさなかった」という言葉に傷付き、自分を連れて行こうとしなかった隆哉を恨み、その一方で、行かないで済んだことに安堵《あんど》していた。さらに言えば、隆哉が死んで、隆哉との関係から解放されたことに少しほっとしていた。自分は冷たい妻だった。ヨハネスブルグでの隆哉の荒廃は、すでに東京での亜美の心の有り様に、その芽があったのだ。

一週間後、下条から薄い封書が届いた。今度は何かと開けてみると、コピーされた紙が一枚入っていた。「先日お送りした『ジャカランダの花咲く頃、きみは』を読んで、気に入ってくださった方は、下記に三千円をお振込願います」と書いてあって、銀行口座が記してあった。亜美は苦笑いして、紙を破り捨てた。

もっと悪い妻

保育園のグループLINEに、「皆様、関係のない話ですみませんが」と前置きした、こんな投稿が載ったのは一週間前だった。

「どなたか子猫を欲しい方、いらっしゃいませんか？　実家の猫が子猫を五匹産んだのですが、そのうち一匹だけ行き先が決まりません。もし、ご希望の方がいらっしゃいましたら、避妊手術費用はうちで持たせて頂きますのでご連絡ください。どうぞよろしくお願いします」

そして、一匹だけ残ったという子猫の写真がアップされていた。生まれてふた月も経っていない、三毛の可愛い雌《めす》猫だった。

麻耶《まや》は娘の美織《みおり》にはそのことを黙っていたが、翌日、保育園の年中クラスの女の子たちの間では、その話で持ちきりだったという。

「ママ、あの子もらってあげて」

以来、お迎えに行くたびに、美織に泣きつかれている。園から手を繋いで帰る道すがらも、美織はずっと頼み続けている。

「まだもらい手がないんだって。可哀相だから、もらってあげて」

「だって、うちにはジンジャーがいるじゃない」

麻耶の返事も決まっている。ジンジャーというのは、室内飼いをしている牡《おす》の雑種犬だ。推定一歳の頃、田中家に来た保護犬である。基本的には白い犬なのだが、どんな犬種が混じるとこんな色になるのか、薄黄色い長い毛が顔の周りや背中にわさわさと生えており、全体で見ると黄色い。

それで生姜《しょうが》みたいだというので、夫の新《しん》が命名したのだった。ジンジャーは保護犬にありがちなおとなしい犬で、こちらが拍子抜けするほど自己主張をしたことがない。命名したくらいだから、夫がとても可愛がっている。

「ジンジャーも子猫が好きだと思うよ」

美織が言い切った。美織は赤ん坊の頃から、野良猫を見ると喜んで手を差し出すような子供だった。縫いぐるみも、猫を欲しがった。だから、生きている子猫が欲しくて仕方がないのだろう。

「それはわからないよ。ジンジャーは自分だけのおうちだと思っているから、子猫が来たらショックだと思うよ」

「でも、家族が増えるんだよ。ママは家族が増えるのが嬉しくないの？」

家族という言葉を、五歳の子供が当たり前に使っている。

「家族ねえ。ママは家族って言葉、あんまり好きじゃないからねえ」

麻耶は小さく呟いて、ポケットの中のスマホに触った。アップルウォッチに軽い震動があった。

「突然でごめん」という文字が目に入った。全文までは読まなかったが、翔太郎《しょうたろう》から急ぎのＬＩＮＥが来たことがわかる。早く見たかったが、家に帰るまではお預けだ。

麻耶がスマホを見ると、美織が「見せて見せて」と奪おうとするからだ。

「ママはさ、カッコつけてるから、そんなこと言うんだよね」

美織がそんなことを言う。が、すぐにネタがばれた。

「ママがカッコつけてるの？」

「うん、パパがいつもそう言ってる」

そんなことだろうと思った、と無言で笑う。

「パパでしょ、ママでしょ、美織でしょ、ジンジャーでしょ」と美織が指を折って数え始めた。「そして、その猫ちゃんとで五人家族になるんだよ」

「駄目だよ、ジンジャーが嫌がるから」

「そんなのやってみないと、わからないじゃない」

美織が口を尖らせた。そんなのやってみないとわからない、というのは麻耶の口癖でもあったから、明らかに真似をしているのだろう。

「生意気だな」

ふざけて顔を覗き込むと、にやりと不敵に笑う。美織は剽軽《ひょうきん》で、冗談をよく言う子だ。その性質も笑い顔も、夫の新にそっくりだと思う。

自宅に帰ると、美織は早速ジンジャーの首根っこに抱きついて話しかけている。

「ジン、あなたにね、妹が来るの。嬉しいでしょう?」

ジンジャーは困ったように顔を背けている。だが、ゆったりと黄色い尻尾《しっぽ》を振っているところを見ると、そう迷惑でもないのだろう。

「ジンジャーの首絞めないでよ。可哀相でしょう」

注意すると、美織は心外そうに唇を尖らせた。

「絞めてないよ」

「でも、ぎゅっとしてた」

「してないもん」

美織がわざと手を離した隙に、ジンジャーは自分のベッドに逃げてしまった。それを横目で見て、麻耶は玄関横にある四畳半の仕事部屋に入った。デスクにはパソコンが二台。麻耶はフリーのＷＥＢデザイナーだ。椅子に腰掛けてパソコンを起動させながら、スマホを見た。

「突然でごめん。例の店、今日八時なら入れるそうなんだけど来れる？　無理なら別の日にしよう」

ＬＩＮＥに食べログのＵＲＬが付いている。以前から、一度行ってみたいねと、二人で言い合っていた鮨屋の予約が突然取れたとみえる。

麻耶は急いでＬＩＮＥを送った。「大丈夫。八時に行けます」。麻耶の反応を待っていたと見えて、返事はすぐ来た。「よかった。じゃ、店で待ってる」

まだ六時前だから、美織に風呂を使わせて夕飯を食べさせる。今夜、新は遅くならないと言っていたので、家を出る前には交代できるだろう。

算段さえつけば、後は急いで用意するだけだ。麻耶はキッチンに駆け込んだ。飯は炊けているから、味噌汁とおかずを作る。

「ママ、出かけることになったの。今のうちにお風呂に入って」

リモコンでテレビを点けた美織に指示する。

「これから出かけるの？」

美織があからさまに眉を顰《ひそ》めた。不安げなのではなく、不満そうなのは母親の夜の外出に慣れているせいだ。母親が自分が連れていってもらったことのない洒落た店で、旨《うま》い飯を食べて楽しむことがわかっている。それが、何となく不満なのだろう。

「うん、打ち合わせ」平然と嘘を吐いた。

「ご飯は？」

「打ち合わせしながら食べるから、うちでは食べないよ」

「へえ、何食べるの？」

「お鮨」

「いいなあ。ママ、テイクアウトしてきて」

「無理だよ。そういう店じゃないの」

こうして五歳の娘も、将来は仕事をする自由な女になりたい、と思うようになるだろう。よいロールモデルを務めていると思えばいいのだ。ほら、また自己正当化をしている、ごめんよ、と麻耶は心の中で舌を出す。

豆腐と若布《わかめ》の味噌汁を作り、葱《ねぎ》好きの新のために大量に葱を刻んだ。レタスを千切って、サラダを作る。が、メインは冷食のハンバーグだ。作り置きのキノコのマリネを添える。

風呂上がりの娘に食べさせているところに、夫の新が帰ってきた。ジンジャーがのそりとベッドから出て来て、黄色い尻尾を振っている。ジンジャーは新が帰ってきた時しか出迎えない。

「お帰り。私、これから出かけるからよろしくね」

新の目が素早く麻耶の耳許を見た。普段は付けないゴールドの大きめのピアスをしているのを認めて、翔太郎と会うとわかったはずだ。こんな時、麻耶は悪びれずに堂々と振る舞うようにしている。

「じゃ、ちょっと出てきます。あなたのはまだチンしてないの。冷凍庫に入ってるから、適当にやって」

「わかった。気を付けて」

はい、と手を振って玄関に向かう。夕飯を食べ終わって、テレビの前のソファに座っている美織が羨《うらや》ましそうに麻耶の方を見て手を振った。ママ、バイバイ。

件《くだん》の鮨屋に着いたのは、八時を五分ほど過ぎていた。白木のカウンターは満席だった。客は皆、洒落た服を着て楽しそうに談笑する、裕福そうな男女ばかりだった。

カウンターの一番右端に翔太郎が腰掛けていて、その横の席がひとつ空いている。

自分の場所、と麻耶は思う。

翔太郎は店主と何やら話し込んでいた。店主が酒瓶を見せて説明し、翔太郎がそのラベルを熱心に眺めている。どうやら、酒の蘊蓄《うんちく》を語り合っているらしい。

翔太郎は、紺のカシミヤセーターの首元に白いボタンダウンシャツの衿《えり》を覗かせている。麻耶好みの格好だ。出版社勤務なので、服装はいつもカジュアルだ。もっとも、翔太郎は宣伝部所属だから編集部門ではない。それは自分が商社からの転職組というせいもあるんだ、と翔太郎は言う。

「ごめんね、少し遅れた」

麻耶が隣に立つと、翔太郎が嬉しそうに振り返った。

「遅くにごめん。迷惑かなと思ったんだけど、八時なら二人入れるっていうから、一応声かけてみたんだよ」

「いいよ、全然。誘ってくれてありがとう」

翔太郎の前だと素直な言葉が出る。椅子を引かれて、そこに素早く腰掛けた。これから楽しい夜が始まると思うと、心が浮き立つ。女将が素早くお絞りを差し出した。礼を言って手を拭くと、翔太郎が麻耶のグラスにビールを注ぎながら訊ねる。

「今週はどうだった?」

麻耶は保育園のグループＬＩＮＥに来た子猫の話をして、写真も見せた。そして、猫を欲しがる美織との会話を話すと、翔太郎は驚いている。

「へえ、女の子ってそんなに大人っぽいこと言うの。驚くね。俺なんかたじたじだな」

「男の子はどうなの」

「どうもこうも幼稚だよ。楽しいことしか考えてないんだ。自己主張が激しいから、朝から晩まで小競り合いばっかで仲裁に疲れるよ。ほんと、女の子が羨ましい」

翔太郎のところには、七歳になる双子の男の子がいる。先に翔太郎に子供が生まれたので、自分は子供を作らないと宣言していた麻耶は、まるで競うかのごとく子供を作ったのだった。もちろん、そのことは新には言わないが、当時の麻耶の必死さから、何となく察しているような気がする。

「ゲームとかも好きなんでしょう?」

「うん。学校行くようになったら、情報量が違うじゃない。もう抗《あらが》えないね。ともかく二人ともゲーム機を欲しがるから、今度のクリスマスにって言った」

「二台買うんだ」

「もちろん。喧嘩になるから、何でもふたつだよ」

「ゲームするのに何分だけとか、ルール決めるんでしょう?」

「らしいね」と、浮かない顔をする。「これから親子の戦争が始まるかと思うと、憂鬱《ゆううつ》になるよ。どこのうちもゲームのことでは苦労してるらしいから」

目の前に、水菜のホタテ浸しの小鉢が置かれた。翔太郎がビールを飲み干し、冷酒を頼んだ。麻耶は、先に「いただきます」と箸を付ける。すでに八時。空腹だった。

「美味《おい》しい」

「うん、うまいね」

翔太郎に冷酒を注いでもらう。透き通るような磁器の猪口《ちょこ》に口を付けると、甘い芳香が漂った。心の底から幸せだと思う。美味しい食事にうまい酒。隣には翔太郎がいる。

「お、うまそうだな」

鯛のウニ巻を見て、翔太郎が小さな歓声を洩らした。

「ほんとだ」

「あのさ、俺あれから、あの映画のことをずっと考えているんだけどさ」

翔太郎が盃を傾けながら語る。

「あれでしょ。あのアイルランドの島の話」

「そうそう。ああいう閉鎖的な島で仲違いするって、想像もできない恐怖なんだろう

なって思った。それがわからないヤツには、ただの滑稽《こっけい》な話でしかないじゃん」

麻耶は頷きながら、翔太郎の話を聞いている。先週の木曜、二人で映画を観た後、

タイ料理を食べた。麻耶はその映画がいまひとつわからなかったが、翔太郎はとても

感動したらしく、そのことばかり語っていた。続きをまだ語りたいらしい。

麻耶は三十七歳で、翔太郎は三十九歳。二人は大学時代に付き合っていた。翔太郎は一浪だったから、学年はひとつ違いだ。同じ文学部で、映画サークルで知り合った。もっとも翔太郎は一年も経たないうちに辞めてしまったが。

たまたま学内で会った時、麻耶は「どうしてサークル辞めちゃったんですか?」と翔太郎に聞いた。すると、翔太郎は「面白いヤツが一人もいないから、つまらなかった」と答えた。翔太郎にとって、自分も面白くない人間の一人だったのか、と少し傷ついたものの、その言葉に毒されたらしく、麻耶も盛り下がって退部してしまった。

その後、駅でばったり会ったら飲みに誘われて、付き合うようになった。翔太郎とは趣味も気も合って、どんどん好きになった。

翔太郎は大学を卒業した後、商社に就職した。短期間、大阪支社に行かされたりして、なかなか会えなくなった。やっと東京に戻ってきたと思ったら、新しい彼女ができたと打ち明けられた。相手は、同じ部署の五歳上の女だという。

やはり自分は翔太郎にとって、「面白くないヤツ」の一人だったのか、と麻耶は深く傷ついた。立ち上がれないと思ったのだが、就職したＩＴ会社で新と知り合い、その傷を少しは癒やすことができたのだった。

新はマイペースで、人によっては苛立《いらだ》ちを感じるという輩《やから》もいる。しかし、普段は無口なのに、口を開くとぽつりと的確で面白いことを言うような、どこか超越しているところがあった。活発で、どちらかというと喋り過ぎるきらいさえある麻耶には、新は物足りなくもあったが、とにもかくにも信頼できた。

やがて翔太郎がその年上の女と結婚した、と風の噂に聞いた。麻耶は張り合うように新と結婚した。なのに、思いもかけず翔太郎と再会したのは、その一年後である。

翔太郎は商社に飽き足らず、かねてから志望していた大手出版社に転職していた。そのWEBサイトの件で、打ち合わせに出向いた麻耶は、翔太郎とばったり会ったのだった。

二人が元の鞘《さや》に戻るのは、あまり時間がかからなかった。その日のうちに、懐かしいね、これも縁だね、と食事に行き、一週間後にはラブホテルにいた。以来、八年間、大学時代よりも親しく付き合っている。

「これは傑作だな」

ぷっくりとした蒸し牡蠣《がき》に、翔太郎が驚嘆の声を上げた。

「ほんと、どうやったらこういう風にできるのかしらね」

麻耶の声に相好を崩した店主が、「そろそろ握りますか？」と訊ねる。

「お願いします」

翔太郎が代わりに答えて、カウンターの下で麻耶の手を握った。今日、ホテルに寄ろうという合図だ。麻耶は握り返した。こんなに好きな男はこの世にいない、と思う。心の底から幸せな気持ちが、尽きぬ泉のようにこんこんと湧いて出てくる。

美織が生まれても、麻耶は美織を新に預けてたびたび夜の外出をした。もちろん、翔太郎に会うためである。

ある日、美織が寝静まった後、二人でＡｍａｚｏｎで映画を観ている時だった。ダニエル・クレイグの出ているアクション映画を、新がリモコンで止めた。怪訝《けげん》な顔で見上げる麻耶に、新が訊ねたのだ。

「麻耶は、誰かと会ってるの？」

唐突だったので驚いた。

「どういう意味？」

「いや、意味はないよ。麻耶が大事だと思っている人が他にいるのかって聞いてるだけ」

「いるよ」

麻耶は自然に肯《うなず》いていた。「大事だと思っている」という新の言葉が、とてもしっくりしたのだ。翔太郎のことを大事に思っていた。

「それはやめられないんだね？」

溜息も苛立ちも感じられない静かな声だった。

「そうなの、だって、親友なんだもの」

「わかる。でも、男なんだよね？」

「そう。男でも親友になるよ」

女の親友とは寝ることができないけれど、男の親友とは寝ることができる。それは互いに異性であることの、ものすごい利点ではないだろうか。

「それはそうだろうけど、困ったな」

新はそう言ったが、あまり困っていないように見えた。

「何で困るの？」

「バランスが悪いからだよ」

「だったら、新ちゃんも誰か探すといいよ」

本心だった。新も同じように男女を超えた親友を作ればいい。それが女の親友で寝たいのならば新も寝ればいい。ところが、新はこう言う。

「そんな人間とは滅多に出会わないよ」

麻耶は、その通りだと思った。外見が好きで、趣味も話も気も合って、価値観も同じで、ずっと一緒にいたい人なんて、一生のうちに何人も出会わない。多分、一人か二人。いや、まったく出会わない人もいるだろう。

翔太郎も新もその貴重な一人なんだから、二人とも大事にしてもいいではないか。無茶苦茶な論理ではなく、むしろ自分にとっての大切な真実だ。

「麻耶はそんな人間の一人なんだよ。だから、俺は別れないよ」

新も低い声でぼそぼそと言ったので、麻耶は感激して「ありがとう」と答えた。

「私、新が大好き」

でも、翔太郎も大好きだ。夫の新と翔太郎。麻耶は二人と別れることなんか想像もできなかった。どちらかを選ぶなんてできない。

新がいるから翔太郎と付き合えるのだし、翔太郎がいるから新との生活も好きになる。二人の男は自分という女が生きてゆく上で、絶対に必要な存在なのだ。この会話のおかげで、翔太郎の存在は、新の半ば公認となったのだった。

「巻物いきますか？」

店主の言葉に我に返る。健啖な翔太郎は頷いた。

「お願いします。俺はとろたくがいいな。麻耶はどうする？」

「私はお腹いっぱい」

翔太郎は食べても太らない。学生時代より三キロも太った麻耶は、これからは太らないように気を付けねば、と箸を置く。いつまでも美しくいて、元気に仕事をしないと翔太郎に嫌われて会えなくなる。そうなったら、自分の結婚生活はたちまち輝きを失うだろう。

ラブホテルでは、いつものように愛し合った。互いに好きな愛撫をし合って、麻耶の好きな体位で終わる。夫婦よりも気楽で、夫婦よりも快楽は大きい。

「うちの奥さんがさ、最近怪しんでるんだよ」

麻耶は驚いて、翔太郎の腕の中で身じろぎした。

「えっ、奥さん、私とのこと知らないの？」

「知るわけないじゃない」

呆れたような翔太郎の声に逆に驚く。

「でも、うちはだいたい知ってるよ」

「麻耶のダンナさんは異常だよ。俺のこと、嫉妬《しっと》しないんだろう？」

異常。確かに、新のような夫は珍しいはずだ。翔太郎だって、新に嫉妬を見せることがある。

「まあね」

「俺の奥さんは、麻耶のことを知ったらすごく嫉妬すると思う」

麻耶は満ち足りていた分、翔太郎の妻のことはまったく考えたことがなかった。

「じゃ、もし、私のこと知ったらどうするの？」

「大騒ぎだよ。離婚だって騒ぐに決まっている。きっと麻耶のうちに行って、嫌がらせとかしそうだよ」

「そうなったら、離婚するの？」

「しないよ」

あまりに簡単に否定されて、麻耶は複雑な気持ちになった。黙っていると、身を起こしながら翔太郎が訊いた。

「だって、麻耶だって絶対に離婚しないだろう？」

美織がいるのだし、新もこの状況を受け入れているのだから、する必要などなかった。なのに、翔太郎の妻はどうして私に怒るのだろう。

「うん、多分しない。だって、私は翔太郎も新も二人とも好きだから」

「そんなこと、堂々と言うのは麻耶だけだよ」

翔太郎に笑いながら言われて、麻耶は身を起こした。

「じゃ、翔ちゃんはどうなの？」

「俺は麻耶が好きだよ。奥さんは奥さんだね」

「奥さんは奥さんってどういう意味？」

「奥さんは麻耶と比較にならないんだよ」

自分は等分に好きなのに、翔太郎の中では比較にならないという。どうしてだろうと麻耶は混乱した。

「じゃ、二人が溺れたら、どっちを助ける？」

「選択するのが嫌だから、俺が沈んで死ぬ」

そして、翔太郎は同じ質問を麻耶に投げかけた。

「じゃ、麻耶はどっちを助ける？」

「私も自分が死ぬ」

「嘘吐け」と、翔太郎が笑ったが、麻耶は自分では本当だと思っていた。


その夜は午前二時前に帰宅して、すぐにベッドに潜り込んだ。隣で寝ている新はいびきをかいていて、一度も目を覚まさなかった。

翌朝、少し酒が残っていて気怠《けだる》かった。コンビニで買ったワインをラブホテルに持ち込んで、お喋りしながら飲んでいたのだ。仕事も急ぎのものはないし、保育園には遅刻しようと思う。新が起きる気配がしたので、布団を被ってやり過ごした。

「保育園、遅刻じゃないの？」

少し経ってから、新に訊ねられたので布団を被ったまま籠もり声で答える。

「頭が痛いから、九時半に行く。八時まで寝るから、美織にご飯食べさせてくれない？」

「昨日のご飯でいいね？　じゃ、適当にやる」

「はーい、お願いします」

布団を被ったまま小さく手を振ったが、もちろん新には見えない。麻耶は昨夜の自分に満足していた。翔太郎とは楽しい時を過ごしたが、仮定の話でも、決して夫を見捨てはしなかったのだ。翔太郎と新とどちらも選ばずに自分が死ぬ、と答えたのだから。自分は新を決して裏切ってはいない。

うとうとしていると、美織がばっと布団をめくった。冷たい空気が入ってきて、麻耶は飛び起きた。

「ママ起きて。早く保育園に行こう」

「ちょっと待ってよ」

「パパが猫ちゃんもらってもいいって。だから、ひなちゃんに、猫はうちでもらうって言わなきゃならないの。でないと、誰かにもらわれちゃうよ」

美織が苛立った様子で、麻耶の手を引っ張った。

「本当にいいって言ったの？　ママはジンジャーが心配だけど。いくら何でも、ジンジャーは焼き餅やくと思うよ」

「パパが平気だってさ。そんで名前も決めたんだよ」

名前も決めたのなら、新も本気なのだろう。

「何て名前にしたの?」

「ジンジャーは神社だから、ホコラってつけたの」

「ホコラ?」

麻耶は思わず笑った。猫を迎えて、困った表情で自分のベッドに引っ込むに違いないジンジャーの顔が浮かんだ。

《初出》

悪い妻　「週刊文春Ｗｏｍａｎ新春スペシャル限定版」二〇一六年一月一日　臨時増刊号
武蔵野線　「オール讀物」二〇一五年八月号
みなしご　「オール讀物」二〇二一年三・四月合併号
残念　「オール讀物」二〇二一年十一月号
オールドボーイズ　「オール讀物」二〇二二年五月号
もっと悪い妻　「オール讀物」二〇二三年三・四月合併号

本作品はフィクションであり、実在の場所、団体、個人等とは一切関係ありません。

桐野夏生（きりの・なつお）

1951年金沢市生まれ。成蹊大学法学部卒業。93年『顔に降りかかる雨』で江戸川乱歩賞受賞。99年『柔らかな頬』で直木賞、2003年『グロテスク』で泉鏡花文学賞、04年『残虐記』で柴田錬三郎賞、05年『魂萌《たまも》え！』で婦人公論文芸賞、08年『東京島』で谷崎潤一郎賞、09年『女神記』で紫式部文学賞、『ナニカアル』で10年、11年に島清恋愛文学賞と読売文学賞の二賞受賞。23年には『燕は戻ってこない』で毎日芸術賞、吉川英治文学賞を受賞。1998年に日本推理作家協会賞を受賞した『OUT』で2004年にエドガー賞候補となった。15年紫綬褒章受章。21年に早稲田大学坪内逍遙大賞受賞。『日没』『インドラネット』『砂に埋もれる犬』『真珠とダイヤモンド』など著書多数。日本ペンクラブ会長を務める。

もっと悪《わる》い妻《つま》

二〇二三年六月三十日　第一刷発行

著者　桐野夏生《きりのなつお》
発行者　花田朋子
発行所　株式会社 文藝春秋
〒一〇二―八〇〇八
東京都千代田区紀尾井町三―二三
電話　〇三・三二六五・一二一一（代表）

印刷所　凸版印刷
製本所　大口製本
組版　LUSH

ISBN978-4-16-391709-2